黄金海流（上）

目次

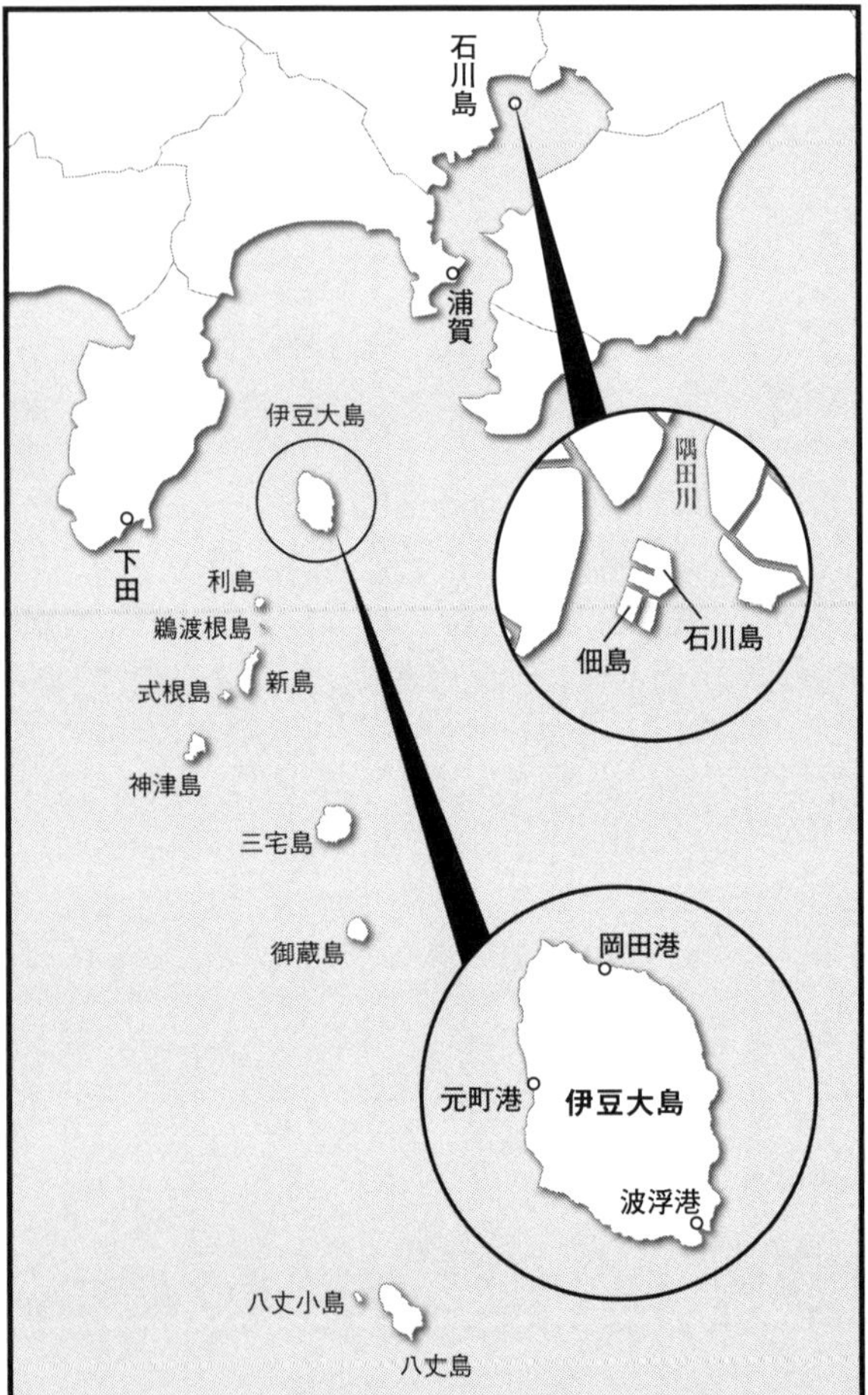
石川島
浦賀
下田
伊豆大島
隅田川
佃島
石川島
利島
鵜渡根島
新島
式根島
神津島
三宅島
御蔵島
岡田港
元町港
伊豆大島
波浮港
八丈小島
八丈島

主な登場人物

呑海　江戸・石川島にある人足寄場の創設者
岡鉄之助　人足寄場で最近働き始めた素性不明の若者
秋広平六　築地の櫛屋。波浮の築港を計画
伊勢屋庄次郎　平六の義兄。八丁堀で島宿を経営
石川忠房　四十三歳の若さで抜擢された勘定奉行
銀次　寄場で長年働く人足
大島屋庄右衛門　伊豆大島の廻船問屋
お玉　庄右衛門の妻
庄助　大島屋の番頭

狩野英一郎　浦賀奉行所の同心。同所から派遣され、下田の浦方御用所に勤める
千恵　英一郎の妻
横溝市五郎　浦方御用所に勤める地役人
中川福次郎　浦賀奉行所の与力。英一郎とは旧知の仲
大西孫四郎　浦賀奉行所の筆頭与力
白井屋文右衛門　下田の廻船問屋。松前藩の荷物の輸送を請け負う
村上伝八　伊豆大島の島役人
文七　元疾風組。伊豆大島に流罪になり、赦免後も同地で暮らす
雁次郎　疾風組の組頭

第一章　石川島人足寄場

一

吠えるような音をたてて風が吹きつけてくる。横なぐりの雨に、目も開けていられない。

空は分厚い雲におおわれ、灰黒色の海には水夫《かこ》たちが海坊主と呼ぶ巨大な波が荒れ狂っていた。

七ツ（午後四時）まえに下田港をでた明神丸は、出港して半刻（一時間）もたたないうちにこの嵐に巻き込まれた。

小山ほどにもふくれあがった海坊主が後方から襲いかかるたびに、船は高々と持ち上げられ、波間へと突き落とされた。

（畜生、だから船を出すなと言ったんだ）

弥助《やすけ》は心の中でののしりながら、手桶で甲板の水をかき出した。

波は息つく間もなく打ち寄せ、何かにつかまっていなければ船から振り落とされそうになる。

「馬鹿野郎、死にたくなけりゃ、さっさと水をかき出さねえか」

弥助が垣立《かきだつ》にしがみついている水夫を手桶で殴りつけた時、海坊主がおそった。頭上に波の壁が出来たと見る間に、真下へと崩れ落ちた。

「舵取《かじと》りがいねえ。勘八《かんぱち》が持っていかれたぞ」

そんな叫びが上がった。艫屋形《ともやかた》の後部に立って舵をとっていた水夫が、波にさらわれたのだ。

主を失った舵棒だけが、手招きをするように左右に揺れていた。

「あの野郎、こんな時に」

舵取りを失っては、船は手足を失ったも同然である。誰もが絶望に引きつった顔を見合わせた時、雨と風がぱったりとやんだ。

頭上を見上げると、分厚い雲にぽっかりと穴が空き、青い空がのぞいている。

「おい、いますぐ積荷を捨てろ」

弥助は船頭の胸倉をつかんで迫った。

この静けさは長くはつづかない。今のうちに積荷を捨てなければ、次に襲ってくる嵐を乗り切ることは出来ないのだ。

「いいや。駄目だ」

「捨てなければ、船が沈むぞ」

「ここまで乗り切ったんだ。何とかなる」

「てめえ、俺たちを殺す気か」

弥助は船頭を殴りつけた。船頭が後ろに倒れて背中を打ちつけたはずみに、荷綱のゆるんだ積荷がくずれ、中身が散乱した。

いりこが水びたしの甲板に漂っている。ナマコを茹《ゆ》でて干したもので、蝦夷地の特産物である。

下田で入手できる物ではなかった。

「おい、これは」

抜け荷の品ではないか。そんな疑いが脳裏をよぎった。

「何でもない。いまのうちに舵棒を押さえてくれ」

五十がらみの船頭は、水夫たちに荷綱を締め直すように命じた。

「何でもないことがあるか」

つかみかかろうとした弥助を、裁《た》っ着《つ》け袴《ばかま》をはいた男が制した。

荷を守るために荷主が乗り込ませた目付きの鋭い男である。小柄だが敏捷そうな引き締まった体をしていた。

「早くしろ。逆らえば殺す」

上目づかいに鋭い目でにらんだ。

気圧《けお》された弥助は、艫屋形に登って舵棒をつかんだ。振り落とされたときの用心に胴綱を取り、垣立にしっかりと結びつけた。手がすべらないように、舵棒を藁縄《わらなわ》でぐるぐる巻きにした。

灰色の海は薄い闇と霧につつまれていた。雨も風も、荒れ狂っていた波もおさまり、あたりは静まりかえっている。これが嵐の真っ直中のわずかな静寂にすぎないことは、船乗りなら誰でも知っていた。

（畜生、よりによってこんな船に）

弥助は舵棒を叩いて我が身の不運を呪った。

明神丸に乗り込んだのは、半年前のことだ。その頃弥助は仲間との喧嘩がもとで長年乗り組んだ船を下ろされ、浅草近辺の賭場に入りびたっていた。

そんな時、伊豆大島に流罪になっていた頃に知り合った大島屋《おおしまや》の手代に声を掛けられたのだ。

うちの船に乗れば、よその倍の給金を払う。しかも月に何度か下田と江戸を往復すればいいという。

弥助はこの話に飛びついた。博打の負けが嵩《かさ》んでいたし、流人上がりで喧嘩早い弥助をこれほどの待遇で雇ってくれるところは他になかった。

明神丸での仕事は楽なものだったが、腑《ふ》に落ちないことが多かった。

積荷が何なのか知らされないこと。下田を出港したあと、用もないのに伊豆大島に立ち寄ってから江戸へ向かうこと。航海のたびに得体のしれない男が監視役として乗り込むこと。

この船が抜け荷に使われていたとしたら、納得がいくことばかりだった。

嵐は四半刻（三十分）を待たずにおそいかかった。

雨と風は激しさを増し、海坊主は後方から次々と打ち寄せてくる。しかもさっきまでの追い風が、向かい風にかわった。

明神丸は風と波に前後から攻めまくられ、泣くような軋みをたてた。

「弥助、逆艣《さかども》だ。舵をきれ」

船頭が甲板に出て叫んだ。

船尾からの波をかぶりつづければ、舵や外艫が壊される。それを防ぐには船を反転させ、船首に波を受けながらあとずさりするしか方法がない。逆艫とはこの航法のことだ。

弥助は渾身の力をこめて舵棒を引いたが、舵はぴくりとも動かない。

「駄目だ、きかねえ」

弥助はうめいた。船体が重すぎるのだ。

「みんな、荷綱を切れ。荷をすてるんだ」

船頭が命じると、振り落とされまいと垣立にしがみついていた水夫たちが勇気を奮い起こして立ち上がった。

「待て、積荷に手を付けてはならん」

裁っ着け袴の男が船頭の腕をおさえた。

「このままじゃ船がもたねえ。引っ込んどいてくれ」

「積荷を送り届けるのが、お前らの仕事だ」

裁っ着け袴の男は眉ひとつ動かさなかった。水夫たちでさえ青くなっている嵐の中で、不気味なほど落ちつきはらっていた。

「冗談じゃねえ。船が沈めば、あんたもおだぶつなんだぜ」

「同じことだ。荷を捨てれば、俺もお前たちも殺される」

それがただの脅しではないことは、船頭がおびえたように口ごもったことからも分った。

「船の上じゃ船頭が大将だ。ぐずぐずぬかしやがると海にたたっ込むぞ」

業をにやした水夫が、赤銅色にやけた腕を伸ばして男の胸倉をつかみ、高々と抱えあげた。

海に叩き込まれる。誰もがそう思ったが、男は宙に浮いた両足を引きつけ、水夫の胸板をけって後方に宙返った。

猫のように音もたてずに下り立つと、懐から十字型の見なれぬ武器を抜き放って喉を切り上げた。

水夫は血を噴き出しながら二、三歩あとずさり、垣立にぶつかって前に倒れた。

「この野郎」

殺気立った水夫たちが、得物をつかんで取り囲んだ。

その時、海坊主が船尾を突き上げた。船が急角度で前のめりになる。水夫たちは腰をかがめ、手近な物にしがみつく。喉を切られて倒れ伏した男だけが、水びたしになった甲板の上を音もなく滑っていった。

弥助は舵棒をにぎりしめ、腰を低くして引き寄せようとした。

舵棒は根が生えたように動かない。手の皮がすりむけて血がにじむ。傷が塩水に洗われてひりひりと痛んだ。

「畜生、騙されたまま死んでたまるか」

満身の力を込めて上体をのけぞらせた。

動いた。船底が波に持ち上げられ、水の抵抗から解き放たれた舵が軽々と動いた。

（やった）

そう思った瞬間、海に叩きつけられ、舵棒が恐ろしい力でひき戻された。弥助は両足を踏ん張ってこらえた。鈍い音がして舵棒が継ぎ目から折れた。

支えを失った弥助は、弾《はじ》かれたように後方に吹っ飛び、舵棒を握り締めたまま海に投げ出された。

ところが先にとっていた胴綱が、間一髪のところで弥助を救った。

振り落とされた衝撃で意識をうしないかけた弥助は、海に叩きつけられて我にかえった。長さ十間ばかりの綱で船とつながれ、後ろ向きのまま引きずられていく。弥助は綱をたぐって這い上がろうとした。荒波に翻弄された明神丸は、暴れ馬のように上下にはねながら突っ走った。

救いを求めて力のかぎり叫んだが、その声は波と風の音にかき消された。

「大島屋の野郎、ただじゃおかねえ」

弥助は釣り糸にかかった魚のように引きずり回されながら呪いの言葉をもらした。命綱が腹に食い込み、体が千切れるようだ。

ゴツ、ゴツ、ゴツ。

船尾から一定の間をおいて鈍い音が聞こえた。舵棒の折れた舵が、波を受けるたびに魚の尾鰭《おびれ》のように左右に跳ねて船を叩く。その打撃で舵を固定している外艫が壊されようとしていた。

外艫が壊れれば、水はいっきょに船内に流れ込む。浮力を失った船は、海坊主の一撃でバラバラにされる。

弥助が観念の目をつぶったとき、積荷の樽が次々と投げ出された。荷綱を切ったのだ。だが舵を失った今では、すでに手遅れだった。

二十ばかりの樽は、漂流者のように船の周りをただよった。波にあおられて船にぶつかり、一瞬に砕け散るものもある。弥助の頭をかすめて流れ去ってゆくものもある。

その表面に、丸に武田菱の紋が描かれている。

（あれは松前藩の）

廻船の積荷につける家紋だった。

舵は断末魔の魚がもだえるように跳ねる速さを増し、ますます激しく外艫を叩く。

弥助は胴を締めつけていた綱がふっとゆるむのを感じた。外艫の柱が折れたのだ。

体が後ろに引きずられるように、船との距離が広がっていった。

二

高波は隅田川の河口にちかい石川島にも打ち寄せていた。

二重に植えた波よけの杭などものともせず、白い飛沫《しぶき》を飛び散らせて迫ってくる。

南からの風は勢いを増し、どしゃぶりの雨で一間先も見えないほどだ。

春の嵐である。

突然の天変に、石川島は水没の危機にさらされていた。

「早くしろ、水びたしになるぞ」

「何をぐずぐずしてやがる」

島の南端の浜に、殺気立った声が飛び交った。

杭の内側にめぐらした堤防を守るために、人足寄場の者たち百人ばかりが補修作業を続けていた。

誰もが雨と波しぶきにずぶぬれである。泥水に汚れた柿色の仕着せが、皮膚のように体に張りついている。

その中にひときわ体格のいい若者がいた。三月前に寄場に入れられたばかりの岡《おか》鉄之助《てつのすけ》だ。

鉄之助は重さ十五貫（約五十六キロ）ちかい土嚢《どのう》を二つ重ねて担ぎ上げると、横なぐりの雨に目を細めながら堤防まではこんだ。

「おう、鉄さん。ここだ」

堤防の上で銀次《ぎんじ》が声を張り上げた。

波の直撃をうけて崩れた堤防を、土嚢を積んでふさごうとしていた。

鉄之助は二つの土嚢を堤防のうえに軽々とほうり上げた。

銀次がそれを手際よく積みあげた。背は低いが、長年の力仕事で鍛え上げたがっしりとした体付きをしていた。

「残りは、いくつある」

「二十ばかりです」

「それじゃ、どうしようもねえな」

銀次が悔しげに土嚢を叩いた。

鉄之助は土嚢を積んである場所にとって返した。地面は雨と波しぶきでどろどろになっている。埋め立てて作った場所だけに地盤がゆるく、歩くたびに足首がくるぶしまでめり込んだ。

その道を何人もの人足たちが、黙々と土嚢をはこんでいく。

「どうだい、はかどっているかい」

横から呑海《どんかい》が声をかけた。

皆から頭と慕われている六十ばかりの僧形の男だった。

「駄目です。崩れた所が大きすぎて、土嚢がたりません」

「そうかい。だから早く直しておくように言ったんだがな」

「このままでは、防ぎ切れません」

「屋敷跡の石を土嚢のかわりに使うように言ってくんな。どれ、俺もひとつ手伝うか」

呑海が土嚢をかつぎ上げようとした時、寄場のほうから笠をかぶった役人が声を張り上げながら走ってきた。

「呑海どの、いずこでござる。呑海どの」

「おう、ここだよ」

「田口《たぐち》どのが、至急役所に来ていただきたいと」

二十歳ばかりの武士が、肩で大きく息をついた。田口とは人足寄場の元締役のことだ。

「手配が済んだのかね」

「いえ、どうしたものかご相談したいと」

「分った。じゃあ、後は頼んだよ」

呑海はそう言うと役人とともに走り去った。

銀次と鉄之助は、五十人ばかりの人足を連れて石川大隅守《いしかわおおすみのかみ》の屋敷跡に向かった。

石川島には以前は大隅守の屋敷があるばかりだったが、寛政二年（一七九〇）に島の西岸の浅瀬を埋め立てて人足寄場がつくられ、無宿者や前科者など三百人ちかくが収容された。

その二年後に大隅守が転居したために、その広大な敷地は寄場の資材置場として使われていた。

雑草の生い茂った屋敷跡には、石垣や敷石にするための石が山のように積み上げてあった。人足たちは二人一組になってもっこを担ぎ、ひとかかえもある石をはこんだ。

石は土方あがりの銀次が、きれいに面をそろえて積み上げた。

「鉄さん、ちょっと手をかしてくれ」

銀次が石材置場に戻ろうとした鉄之助を呼び止めた。

「こいつらじゃとろくていけねえ。下から差し上げてくれねえか」

石垣が肩以上の高さになると、ひとかかえもある石を上げることは難しい。だが鉄之助は楽々と頭上に差し上げて銀次にわたした。

「こうでなくちゃ、いけねえ」

銀次は鼻唄でも歌いだしそうだった。

職人である。身につけた技を見せるのが嬉しくてたまらないのだ。

「そんなことをしなくても、土手に上がればいいじゃないか」

「そのほうが手間がはぶけらあ」

とろいと言われた二人の人足が、もっこを担いで海に面した土手に登りはじめた。

「やめろ。足を滑らせて海に落ちるぞ」

「なあに、たいしたこたあねえや」

二人が土手に登るのを待ち構えていたように、見上げるほどの大波が打ち寄せた。

腰を低くして先棒をかついでいた男が、はね飛ばされて転がり落ちた。

後ろの男は前のめりになって踏ん張ったが、崩れかけた土手に足を滑らせ、短い叫びをあげて海におちた。

「野郎、言わねえこっちゃねえ」

銀次が水玉の仕着せをぬぎすて、褌《ふんどし》ひとつになって飛び込もうとした。

鉄之助はそれより早く波よけの杭をのりこえ、頭から海に飛び込んだ。腰までの深さしかなかったが、波が打ち寄せるたびに頭から水をかぶった。

堤防から十間ほど流された男は両手で水をかきながら引き返そうとしたが、波に背中から突き倒されていっそう沖に流された。

鉄之助は地面をけって泳ぎはじめた。海辺の泥を巻き上げた水は黒くにごり、どぶの臭いがする。鉄之助は地面すれすれまで潜った。ふかく潜れば波に押し戻されずに済むからだ。

男の襟首をつかんだときには、すでに足が地につかないほど沖に出ていた。

「助けてくれ」

男は腕を一杯に伸ばしてしがみついた。

「大丈夫だ。落ち着け」

耳の側《そば》で怒鳴ったが、恐怖に取り乱した男はしがみついた腕に力をいれるばかりだった。

このままでは共に溺れる。鉄之助は男を引き寄せて鼻柱に頭突きをいれ、膝で腹をけりあげた。

男の腕から力が抜け、気を失ってぐったりとした。

鉄之助は男をあおむけにした。腕をまいて首を支えると、左手一本で泳ぎはじめた。

「つかまれ」

銀次の声がして、目の前に石が投げ込まれた。

石には縄が結びつけてある。腕をのばしてつかむと、銀次が当たりを確かめるために二、三度引く。鉄之助が引き返す。それを合図に、綱が大急ぎでたぐられた。

「まったく、てえした野郎だぜ」

堤防に上がった鉄之助の肩を、銀次が感極まったように叩いた。

鉄之助は差し出された手拭いで目と耳の泥水をぬぐうと、何事もなかったように仕事に戻った。

「おい、早鐘が鳴っているぞ」

その声に全員が寄場のほうを見やった。早鐘は非常召集をかけるときの合図である。

「どうやら解き放ちと決まったらしい」

「おおい、早鐘だ。解き放ちだとよ」

銀次が石垣の上から叫んだ。

泥で顔をまっくろにした人足たちが、寄場に向かって我先にと駆け出した。

人足寄場は石川島と佃島《つくだじま》の間の浅瀬を埋め立てた四千坪ほどの土地にあった。

ここが適地とされたのは、江戸に近く監視の目がゆきとどくことと、周囲が海に囲まれているために逃亡の危険が少ないためだが、致命的ともいえる欠陥があった。

時化《しけ》に弱いことだ。ひとたび大波が打ち寄せると水びたしになる。そのたびに悪戦苦闘を強いられるのは、寄場に収容された人足たちだった。

鉄之助たちが中庭についた時には、ほぼ全員が集まっていた。五十人ばかりの女人足もいる。横なぐりの雨に打たれながら、不安そうに周りの者とささやきあう者もいた。

「これから元締役の話がある。みんな静かに聞いてくれ」

役所の濡れ縁に立った呑海が口を開くと、ざわめきがぴたりとおさまった。それを待っていたように、元締役の田口平吉《へいきち》が姿をあらわした。

「ただいま寄場奉行からのお達示《たっし》があった。このまま嵐がつづけば、明朝の満潮時には島全体が水につかることになろう。よって只今から解き放ちといたす。期間は三日。二月二十五日の九ツ（正午）には戻るように」

どよめきが起こった。解き放ちとは臨時の釈放のことだ。

「刻限までに戻らなかった者は逃亡とみなし、定めの通りに処罰する。くれぐれも良からぬ考えを起こすでないぞ」

平吉が念をおした。逃亡は死罪である。

「船着場に船の用意がしてある。女や年寄り、病人から先に渡してくれ」

呑海が言った。

人足たちはそれぞれの部屋に引き上げると、身の回りの品を包んだ風呂敷を抱えて船着場へいそいだ。

三

伊豆の大島でも、嵐は猛威をふるっていた。

高波が打ち寄せるたびに地響きがあがり、しぶきが飛び散る。夜になってあたりが静まると、その音はいっそう激しさを増した。

雨はおさまったが、風はいっこうに衰えない。強風が吹きつけるたびに空を切る音がして、屋根や壁が揺すぶられた。

そうした音に混じって、時折パサッという音がした。

風や砂を防ぐために、海岸ぞいには椿が植えられている。満開の椿の花が、風に吹き飛ばされて家に叩きつけられているのだ。

大島屋庄右衛門《しょうえもん》はうずくまって聞き耳をたてていた。布団に入って半刻ばかりになるというのに、目が冴えてくるばかりだった。

不安なのだ。明神丸にもしものことがあれば、大島屋は破滅である。悪くすればこの首が飛ぶ。

庄右衛門は、全身が粟立《あわだ》つような思いをしながら耳をすました。

「ほら、まただ」

椿の花の音を聞き取ると、庄右衛門はおびえたように声をあげた。

十二畳の広々とした座敷に応える者はいない。床の間の武者鎧《むしゃよろい》が、行灯《あんどん》の明かりにぼんやりと浮かび上がるばかりだ。

その沈黙が、不安と恐怖をかきたてた。庄右衛門は癇癪《かんしゃく》をおこして布団を蹴飛ばし、忍び足で襖を開けた。

隣の部屋でお玉《たま》が軽い寝息をたてている。庄右衛門はそっと布団をめくると、美食に太りきった体を縮めるようにしてもぐり込んだ。

「まあ、何事ですか」

お玉がはね起きた。切れ長の目には、あからさまな嫌悪の色があった。

「眠れないんだ。ここで寝かしてくれ」

「嫌です。当分はお断わりだと言ったでしょう」

数日前、浅草にお参りに行きたいというお玉の頼みを、庄右衛門は許さなかった。昔の茶屋仲間にでもあって里心がつけば、二度と島に戻って来ないと思ったからだ。

それ以来、お玉は手も握らせてくれない。

「今夜だけでいいんだ。頼むよ」

「五十にもなって、嵐が怖いんですか」

「いくつになっても怖いものは怖い」

「それでよく廻船問屋の主人が勤まりますね」

「怖いからこそ勤まるんだ。時化のときに船を出すような無茶はしないからね。源頼朝公と同じだ」

　鎌倉に幕府を開いた源頼朝という人は、実はたいそうな臆病者だった。だから絶対に勝てるという保証がなければ戦をしなかった。

　庄右衛門はそう語った。何かを話しているだけで気がまぎれた。

「ある時、頼朝公は二千の軍勢をひきいて武蔵野《むさしの》にさしかかった。すると前方の山の陰から三百ばかりの敵が現われた。家臣たちは討ち果たさんと色めき立ったが」

「頼朝は止めたんでしょう」

　お玉がうんざりして口をはさんだ。

　頼朝から源氏へ、源氏から鎮西八郎為朝《ちんぜいはちろうためとも》へと話がうつり、伊豆大島に流罪になった為朝の子の一人が大島屋の祖先であるという所に落ちる。庄右衛門の後添いとなって三年の間に、耳にたこが出来るほど聞かされた話だった。

「そうだ。だからお前も私一人くらい泊めてくれても良かろうじゃないか」

「じゃあ、浅草へ行ってもよござんすか」

「いいとも。浅草でも深川でも行っといで」

庄右衛門がお玉の肩を引き寄せたとき、部屋の外であわただしい足音がした。

「旦那さま、旦那さま」

「なんだ」

「番頭さんがお戻りになりました」

「そうか。すぐ行く」

「こんなに遅く、どうしたんです」

「この嵐だ。もうけ話のひとつも舞い込んで来たのだろう」

庄右衛門はそんな軽口をたたき、お玉の尻をそろりとなでて部屋を出た。

番頭の庄助《しょうすけ》は蓑《みの》と笠をまとったまま、玄関先に立ち尽くしていた。半間ほど開けた戸口から容赦なく風が吹き込み、戸板をしきりに震わせていた。

「幽霊や物乞いじゃあるまいし、そんな所につっ立ってないでお入り。今夜はもう帰って来ないと思ってたよ」

庄助は蓑と笠をぬいで遠慮がちに入った。その後を追うように一輪の椿の花が吹き寄せられた。

「夜分にご迷惑とは思ったんですが、一刻も早くお知らせしなくてはと」

「何が迷惑なものか。私は心配で心配で、お前の帰りを心待ちにしていたんだ。で、どうだった。明神丸は岡田に入っていたかい」

「いえ、やはり」

庄助はうつむいて口をつぐんだ。

もし明神丸が嵐をさけて伊豆大島に避難するとしたら、南西からの風と高波をもろに受ける新島村の港（元町港）を避けて、島の東側にある岡田港に入るはずだ。

庄助はそれを確かめるために二里離れた岡田に行き、嵐の夜道を引き返してきたのだった。

「そうか。もしかしたら出港を取り止めたのかも知れないな」

「それが……」

「どうした」

「下田沖で明神丸を見たという者がいました」

「確かかい。見間違いということもあるだろう」

「いえ」

嵐を避けて入港した船の水夫たちが、明神丸を見たと口をそろえて証言したという。

庄右衛門の背筋にぞくりと寒気が走った。

「それは、明神丸を見たというのは、いつのことかね」

「七ツ（午後四時）を過ぎていたと」

「どうして、そんな時刻に」

たるんだ頰を震わせて絶句した。

七ツにはすでに海は荒れ始めていた。そんな時に船を出すなど狂気の沙汰だ。

「今日船を出さなければ、明日までに島方会所《しまかたかいしょ》に荷を届けることが出来ません」

「しかし、いくらなんでも七ツに船を出すことはないじゃないか」

「この嵐では、無事ではいられないでしょう。次の手を打っておかなければ」

覚悟を決めたのか、庄助は落ち着きを取り戻していた。大島屋に十歳から奉公し、三十年以上勤めてきた男である。仕事については、庄右衛門よりよほど目端がきいていた。

「今さら、手を打つと言っても」

「たとえ船が沈んだとしても、積荷さえ表に出なければ何とかなります」

「そんなことが出来るものか。どこに流れたかも分らない荷を、回収するとでも言うのかい」

「とにかく明日にでも村上《むらかみ》さまや白井屋《しらいや》さんに連絡して、知恵をかしていただきましょう」

　村上とは伊豆大島の島役人、白井屋は下田の廻船問屋だった。

「もし、積荷がおおやけになればどうなる」

　庄右衛門は打ち首、大島屋はとり潰しである。鎮西八郎為朝以来六百年以上続いてきた家を、自分の代で終わらせてしまうのだ。

「だから私はこんな仕事に手を染めるのは嫌だったんだ。いつかはこんなことがあると言っただろう」

「ですが、他に店を立て直す方法がありませんでした」

「潮時を間違えたんだよ。もっと早く手を引くべきだった。それをお前が……」

「旦那さま。事がおおやけになって困るのはうちだけではございません。もっとずっと上の方々が、後ろ盾になっておられるのですよ」

　だから心配はないと、庄助が叱りつけた。

子飼いの番頭と甘く見ていた庄助が見せた意外な凄味だった。

「お前、まさか」

上の方々とやらと結託して、自分の知らないことにまで手を出しているのではないか。庄右衛門は土間にころがる椿の花を見つめながら、ふとそう思った。

四

空は晴れわたっていた。

海は昨日の嵐が嘘のように凪《な》いでいる。薄水色の空と真っ青な海が、遥かかなたでゆるやかな弧を描いて交わっていた。

数十羽のかもめが、かまびすしい鳴き声を上げて飛び交っている。昨日の嵐で餌にありつけなかっただけに、その姿には切迫したものがあった。

下田港を外海から守るようにせりだした須崎の浜では、浦賀奉行所の同心狩野英《かのうえい》一郎《いちろう》が漂着物の調査に当たっていた。

昨日の昼から夜半まで吹き荒れた春の嵐は、下田沖を通る船に大きな被害を与えた。沈没した船も何隻かある。その実態を浜に打ち上げた漂着物からさぐるのが目的だった。

「そっちはどうだ。何かあったか」

英一郎は岩場のかげで漁船の残骸らしい板切れをひろっている村人にたずねた。

「いえ、何も」

「もっとよく探してみろ。船の名を記した板切れとか荷札があるはずだ」

「へえ、ようく探してはいるんですが」

「何でもよい。船の手掛かりとなる物を見つけた者には褒美をとらすぞ」

英一郎は村人たちの働きのにぶさに苛立《いらだ》っていた。

須崎の浜に打ち上げられた残骸からだけでも、少なくとも三隻が沈んだと推測される。だが、今朝から五十人ちかい村人を動員して調べているのに、めぼしい物は何ひとつ発見できなかった。

「そこの女たち。調べの終わった物は荷車に積めと命じたぞ。無駄話なら井戸端でやれ」

荷車のそばで立ち話をしていた女たちが、あわてて仕事をつづけた。

「お役人さま、こんなものまでお持ち帰りになるのでございますか」

真っ黒に日焼けした皺《しわ》だらけの老婆が、板の切れはしを突き出してたずねた。

「そうだ」

「以前は手間賃がわりに下されたものですがねえ」

「いいから言われた通りにしろ」

英一郎は突っぱねた。

漂着物はひとつ残らず回収して浦方御用所にはこび、詳細に調べ直すのだ。村人が見落とした手掛かりがあると思うからだが、その厳格すぎる仕事ぶりは周囲の反発をまねいていた。

「狩野どの、ちょっと」

御用所の相役である横溝市五郎《よこみぞいちごろう》が、あたりをはばかるように声をかけた。

「何か」

「ちょっと、こちらに」

袖をつかんで松林の陰に誘った。浦方御用所に二十年以上も勤める温厚な男だった。

「名主の長兵衛《ちょうべえ》がお耳に入れたいことがあると申しておるのだが」

「急ぎの用ですか」

「まずはこちらに」

防風のための松林を抜けた所に、須崎村の長兵衛が険しい表情で待っていた。その側には漁師らしい五十がらみの男がひざまずいて肩を落としていた。

「どうした長兵衛、何の用だ」

「とんだ不始末がございまして」

長兵衛は脇に置いた紺色の包みを解いた。高さ二尺（約六十センチ）、幅一尺半ばかりの頑丈な箱が現われた。

航海用に防水の工夫をこらした船簞笥だった。引き出しの隙間を小さくし、外側に扉をつけたものだ。これだと波をかぶっても、外側の扉が水をふくんで膨張するために、中まで水が通ることはなかった。

「どこで見つけた」

「この松吉《まつきち》が浜で拾ったと」

「いつだ」

「明け方でございます」

英一郎は片膝をついて船簞笥をしらべた。

無理にこじあけたらしく、扉の鍵の金具が引き剝がされていた。

「お許し下さりませ」

松吉が砂地に額をすりつけた。

明け方、松吉は海の様子を見るために浜に出た。そのとき岸に打ち上げられた船簞笥を見つけて家にもち帰った。

樽廻船などが船簞笥に金をいれて航海することを知っていたからだが、引き出しを開けてみて腰を抜かした。何冊かの分厚い帳簿のほかに、小判三百両が入っていたのだ。

怖くなった松吉は、長兵衛の屋敷に駆け込んで救いをもとめたのだった。

「中身にはいっさい手をつけておりません。どうかこの場は穏便なお取り計らいをお願いいたします」

長兵衛がひざまずいて頭をさげた。

英一郎は細面の端正な顔を朱に染めてにらみつけた。今朝からの村人の仕事ぶりにたいする苛立ちが、松吉への怒りとなってふくれ上がった。

「狩野どの、船箪笥もこうして戻ったことだし、長兵衛には日頃なにかと世話になっておる。事を荒立てることはないと思うが」

市五郎がとりなした。

「事を荒立てるつもりは毛頭ございません」

英一郎は小柄な市五郎を冷やかに見下ろした。

「ですが漂着物を着服した者は、たとえ板切れ一枚であろうと死罪にするのが法度でございます。いかに名主の口利きとはいえ、それを曲げることはできませぬ」

「この通り船箪笥も持参しておる。着服の罪にはあたるまい」

「これは横溝どののお言葉とも思えませぬ。盗んだものを返したからとて、罪を犯さなかったことにはなりますまい」

「だから長兵衛もこうして穏便な計らいを願い出ておるのじゃ」

市五郎はうんざりしたように口ごもった。

ひと回りも年がちがうとはいえ、地役人の市五郎は浦賀奉行所から派遣されている英一郎の決定には逆らえなかった。

「法度に私情を交えるのは禁物でございます」

「私情ではない。酌量じゃ。法度は罪人を作るためのものではあるまい」

「たとえそうだとしても、その判断を下すのは我らではございません。それにこの松吉が嘘をついておらぬと、どうしてお分りになりますか」

「船簞笥の中身に手をつけたと申すのか」

「鍵をこじ開けたからには、疑うのは当然ではありませんか」

「おらは盗みなんかしていねえ。お役人さま、信じてくださいまし」

松吉が蒼白になって訴えた。

「それは阿波屋に問い合わせれば分ることだ」

帳簿には阿波屋の名が記されている。上方でも屈指の廻船問屋で、下田にも出店があった。

「狩野さま」

そう叫びながら、岩場のほうから十二、三歳の少年が息を切らして駆けてきた。

「女岩のところに、死人が浮いていています」

「分った。すぐ行く」

英一郎は市五郎に松吉を浦方御用所に連行するように命じると、須崎の浜の東のはずれにある女岩に向かった。

波の浸食によってえぐられた所が女の秘所に似ているために、土地の者たちからそう呼ばれていた。

女岩のくぼみの中に、上半身裸の男がうつ伏したまま漂っていた。褌ひとつになった村人が三人、胸まで海につかって引き上げようとしていた。

「そっと運べ。傷つけてはならんぞ」

英一郎が怒鳴った。三人が岩の上に死体を抱え上げると、集まっていた者たちが顔をそむけて後ずさった。

死者の首がざっくりと切られ、飛び出した喉仏が水に洗われて白っぽくなっていた。

五

嵐から一夜明けた江戸の街では、職人たちがあわただしく働いていた。

めくりあげられた板屋根を打ちつける大工、崩れた壁を塗る左官、倒れた庭木を起こす植木屋、吹き飛ばされた看板をつけかえる者……。

一年分の仕事が舞い込んできたように忙《せわ》しげな者たちを尻目に、鉄之助と呑海は湯屋に向かった。

道の方々に出来た水溜まりに青い空が映っている。尻をはしょり、くるぶしまで水につかって遊ぶ子供たちもいる。

武家屋敷の築地塀《ついじべい》ごしに、三分咲きの桜が枝を伸ばしていた。開きかけたばかりの薄桃色の花びらが、春の日射しをあびてゆるやかに揺れていた。

湯屋は混みあっていた。二人は服をぬぐと、体を折ってざくろ口をくぐった。

「いやあ、極楽、極楽」

人をかき分けて湯船に滑り込むと、呑海は口をとがらせてほうっと息をついた。

「なんだか昨夜の酔いがぶり返しそうだ」

「すっかり御馳走になりました」

「こっちも久々に楽しい酒を飲ませてもらったよ」

寄場から解き放ちになった人足たちは、身寄りや知り合いを頼って思い思いの方向へ散っていったが、鉄之助には身寄りも行く当てもなかった。

見兼ねた呑海は、長年懇意にしているお浜《はま》がやっている「浜風」という小料理屋にさそった。

お浜は鉄之助の風体をみると迷惑そうな顔をしたが、解き放ちの間呑海とともに泊ることを承知した。

「どうだい。少しは寄場にも慣れたかい」

呑海がたずねた。

鉄之助は物心ついた頃から諸国を放浪しながら生きてきたが、三月前に江戸城下で無宿人狩りにあい、人足寄場に収容されたのだった。

「仕事には慣れましたが、水が悪くて」

人足寄場の井戸水は錆色に濁り、どぶの臭いがする。その水で炊いた飯にどうしてもなじめなかった。

「あの水ばかりはなあ。あんな所に寄場を作るはずじゃなかったんだが」

「いつになったら出られるのでしょうか」

「無宿者は引き取り手さえいれば出られる決まりだが、鉄さんのように天涯孤独の身となるとなあ。江戸近辺に知り合いはいないのかい」

「ええ」

「身元をあかすような物でもあると、調べようもあるんだが」

「すみません」

鉄之助はぺこりと頭を下げた。

寄場に入れられる時もさんざん身元を問い詰められたが、幼い頃の記憶を失っているために答えることが出来なかった。

「いや、なにも謝ることはないんだが」

呑海は首に手をあててもみほぐしながら、気の毒そうに眉をひそめた。

ざくろ口のほうから高らかな笑い声がして、三人の男が入ってきた。三人とも相撲取りにでもしたいような堂々たる体格である。兄貴分らしい四十がらみの男は、背中一面に鮮やかな般若の入墨をしていた。

周りの者たちが難をさけて横に詰めた。男たちは洗い湯も使わずに割り込み、長々と足をのばした。

その足が鉄之助の股にあたった。

「おい。邪魔だ」

三十ばかりの角張った顔の男が、足の爪先で股をおした。

六尺ちかい鉄之助の体は、獣のようなしなやかな筋肉におおわれている。肩口や胸には、長い放浪の間に負った生々しい傷跡がある。その姿に気圧されたのか、初めから虚勢をはって挑みかかったのだった。

鉄之助は体をずらしただけで取り合わなかった。

「小僧、邪魔だと言っとるのが聞こえんのか」

そう怒鳴って蹴り上げた。鉄之助はさっと足首をつかむと、思い切り引き寄せた。縁に寄り掛かっていた相手は、尻から湯船にずり落ちた。

「この野郎。何しやがる」

男は湯をはね散らして立ち上がった。

出来の悪いさつまいものような物が目の前にぶら下がっている。鉄之助は手を伸ばしてそれを引き下げた。

「あ痛《いて》てっ」

男は悲鳴を上げて座り込んだ。

二人は鼻面を突き合わせて湯につかる格好になった。

「畜生、放しやがれ」

「混み合ってるんだ。静かにしろ」

鉄之助はにこりともしなかった。

「俺たちに喧嘩売ろうってのか」

別の一人がいきりたった。般若の入墨の男がゆっくりと立ち上がった。己れの優位を確信した、余裕たっぷりの動きだった。

だがふり向いた呑海と目が合うと、金縛りにでもあったように棒立ちになった。

「お、おい。止《よ》せ」

男は蒼白になって仲間の肩をつかんだ。その声は震え、腕は鳥肌だっている。

「だけど、兄貴」

「お前らが悪い。さっさと謝らねえか」

男は二人の頭を押さえつけて下げさせると、逃げるようにざくろ口を出ていった。

二人が湯屋を出たのは夕方だった。湯屋の二階で手足をのばしているうち、呑海が寝入り込んだからだ。

「待たせちまったね。起こしてくれりゃあ良かったんだが」

「気持良さそうに眠っておられましたから」

「年はとりたくないねえ。ちょいと飲み過ぎるとこのざまだ」

呑海が下駄の音を響かせて歩きながら照れくさそうに笑った。

海ぞいの通りをしばらく歩くと、一町ばかり先に自身番所があった。軒下につりさげた提灯《ちょうちん》に灯がともり、同心らしい二人の武士がたたずんでいた。

「回り道をしていこうか」

呑海は急に足を止めると、瀬戸物屋や古着屋などがならぶ狭い路地に入った。

「どうかしたんですか」

「あまり会いたくないのがいたんでね。君子危うきに近寄らずさ」

「顔が広いですね」

「長生きしていると、自然にそうなるもんさ。おっと、いけねえ」

今度は瀬戸物屋の店先で立ち止まった。

「お浜から急須を買ってくるように頼まれたのさ。たまに帰ったときくらい役にたたないとな」

店先に並べてあった急須と、そろいの湯飲みを買った。

「持ちましょう」

「じゃあ、こっちを頼む」

呑海が五つ重ねて紐で結んだ湯飲みを渡した。

買い物の客でにぎわう路地を抜けたとき、けたたましい叫び声が聞こえた。

何事かと目をこらしていると、武家屋敷の間の路地から羽織をきた四十がらみの男が走り出てきた。

黒い頭巾で顔を隠した三人がそれを追いかけている。羽織の男は前のめりになりながら走ったが、追手との距離は詰まるばかりだった。

「鉄さん」

呑海が尻を叩いた。鉄之助は下駄を脱ぎ捨てて走り出した。

男との距離が半町ばかりになったとき、追手の一人が羽織の袖口をつかんだ。羽織の片肌が脱げ落ち、男は体勢をくずして前にたおれた。

覆面の男が右手をふり上げて襲いかかった。その手に何かが握られている。鉄之助はとっさに湯飲みを投げた。

五つ重ねの湯飲みが胸をとらえた、と思った瞬間、男は上体をそらして避《よ》けた。柳のようにしなやかな身のこなしだ。

鉄之助の動きも速い。相手が体を引いた隙に羽織の男を助け起こし、賊のまえに立ちはだかった。

三人は思わぬ邪魔者の出現に、戸惑った顔を見合わせた。引くか戦うか。一瞬のうちに意志を確かめると、ぱっと三方に散った。

一人が仲間の肩を踏み台にして築地塀の屋根に飛び移る。と同時に、左右に開いた男が鉄之助を襲い、屋根の男が羽織の男に飛びかかった。

頭上の敵を防ごうとすれば、目前の二人をかわせない。二人に向かえば羽織の男を守れない。見事な連繫攻撃だが、賊が予想もしていないことが起こった。

「はっ」

空を切る鋭い気合いとともに、鉄之助は垂直に飛んだ。

一間ばかりも飛び上がると、屋根の男の肩口を蹴った。相手は頭から築地塀に叩きつけられ、もんどりうって倒れた。

正面の二人は着地の瞬間に切り付けようと身構えたが、鉄之助は蹴った反動を利して塀の屋根に立った。

二人はちらりと見交わすと、倒れた仲間を抱えて逃げ去った。

「怪我はありませんか」

鉄之助がたずねるより早く、羽織の男は逃げ出してきたばかりの路地に駆け戻った。

「おい。しっかりしろ」

築地塀の間の暗がりからそう叫ぶ声が聞こえた。

路地に一人の男が倒れている。羽織の男が肩口を揺り動かしたがぴくりともしなかった。

「駄目だ。もう仏さんになってなさるよ」

いつの間に来たのか、呑海が後ろに立っていた。

騒ぎが静まったのを見計らったように武家屋敷の勝手口が開き、家紋の入った提灯をかかげた中間が顔をだした。

「ちょっと借りるぜ」

呑海が提灯をひったくって倒れた男を照らした。

うつ伏した顎のあたりに、赤黒い血の染みが広がっている。仰向《あおむ》けにすると、喉がえぐられ首の骨が見えていた。

呑海は鼻先をすりつけるように傷口をのぞき込み、指をいれて深さを確かめた。

「間違いねえ。奴らの手口だ」

「誰です。あいつらをご存じなら教えてください」

取り乱した男が、呑海の袖をつかんで迫った。

「お前さんは」

呑海がじろりとにらんだ。

相手は冷水でもかけられたように冷静さを取り戻した。

「築地で櫛屋をいとなむ秋広平六《あきひろへいろく》という者です」

「襲った奴らに心当たりはないのかね」

「ありません」

手代を連れて松平周防守《まつだいらすおうのかみ》の屋敷をたずねた帰り、いきなり暗がりから襲われたのだという。

「これは疾風組《はやてぐみ》の仕業だ」

「何ですか。その疾風組というのは」

鉄之助がたずねた。

「十四、五年前、江戸はおろか関八州を股にかけて荒し回った盗賊さ」

彼らはその神出鬼没の動きゆえに疾風組と呼ばれたが、どれくらいの仲間がいるのかも、首領が誰なのかも分らなかった。

ただ疾風組が押しいった先には、必ず喉を切り裂かれた死体が残されていた。声をたてられないように、特殊な武器を使って喉を切る技を身につけていたのだ。

ところが十年ほど前にぷっつりと姿を消した。商売替えでもしたのか、仲間割れでもしたのか、地にもぐったように消息を絶った。

「疾風組は辻強盗なんてけちな真似はしねえ。平六さん、心当たりがなければいいが、もしあるのならこの先充分気をつけなさることだ」

呑海は中間に自身番所へ行って役人を呼んでくるように言うと、肩にかけた手拭いで指の汚れをぬぐった。

第二章　下田港御用所

一

下田の浦方御用所は坂下町の東側北角にあった。

八間半四方、およそ七十二坪の土地には、同心詰所、倉庫、牢、厩《うまや》などがあった。

同心詰所では、狩野英一郎が絵筆片手に文机《ふづくえ》にむかっていた。

二脚の行灯が手元を照らしている。百目ろうそくを立てた土間には、浜に打ち上げられた死体が戸板のうえに横たえられていた。

死体には肩口まで薦《こも》がかけてある。この世への未練を訴えるような半開きの目が、ろうそくの炎に照らされて朱色に光っている。腐りかけた喉の傷口には、銀蠅が二匹とりついていた。

鼻と口を白い布でおおった英一郎は、その顔をのぞきこみながら絵筆を走らせた。時には曲尺をつかって目や鼻の位置をはかる。そのたびに鼻がまがるほどの臭気に襲われた。

「見事なものでございますねえ」

三次郎《さんじろう》が人相書をのぞきこんだ。

御用所に住み込み、英一郎の手足として働いている男だった。

「絵師にでも弟子入りなすってたんですか」

「浦賀奉行所に人相書のうまい医師がいた。それを見て覚えたのだ」

布で口をおおった英一郎は、くぐもった声で答えた。

浦賀奉行所に入ってまっさきに命じられたのが検視の手伝いだった。変死者をつぶさに調べ、死因や身元を明らかにするのだ。身元不明の者は人相書を作った。

検視所に、死体が好きで三十年近くもこの仕事を続けているという変わり者の老医師がいた。

その熱中ぶりは異常なほどで、舐《な》めるように顔をすりよせて死者の顔を計るので、役人たちからは忌み嫌われていたが、人相書は素晴らしかった。それが手掛かりとなって事件が解決したことも一度や二度ではなかった。

英一郎は検視所にいた二年の間に、その方法を懸命に学んだ。人が嫌がることも進んでやらなければ、引きも縁故もない彼には奉行所で頭角をあらわす機会はなかった。

「ははあ。今度は鼻の長さを計るんですね」

三次郎が文机の絵と死者を見比べながら言った。

「手元が暗い」

「あっ、こりゃあどうも」

「行灯の油が切れかかっているようだ。線香もあと五、六束出しておいてくれ」

「まだ続けるんですか」

「早くしなければ、仏を葬ってやることも出来まい」

時がたつほど腐敗が進み、顔の特徴が失われる。現に死体からは腐臭が漂いはじめ、香をたいて紛らわさなければ耐えがたいほどだった。

「まったく。大変な仕事もあったもんでございますねえ」

三次郎は恐縮したように首をすくめて、油と線香を取りにいった。

やがて横溝市五郎が阿波屋から戻り、

「なんだ、これは」

戸を開けるなり顔をそむけた。

「今夜のうちに終わらせようと思いまして」

英一郎は絵を描きながら答えた。

「遅くまでご苦労なことじゃ」

市五郎は不快そうに言うと、死体を遠巻きにして板の間に上がった。

阿波屋で馳走にあずかってきたらしく、その頬がうっすらと赤い。

「何か分りましたか」

「阿波屋のものに相違ない。今日浦賀に入るはずの船が、消息を絶ったままだそうだ」

「そうですか」

「船簞笥の中身も間違いない。上方から江戸に向かう廻船には、三百両積むことに決まっているそうだ」

港に入れば、帆の反数か水夫の人数に応じた入港税をとられる。浦賀奉行所では積荷の検査料や通行税を支払わなければならないし、江戸での滞在費もいる。そのための三百両だった。

「これで松吉の疑いも晴れた。もう家に返してやっても良かろう」

「それはなりますまい」

「何故じゃ」

「一応奉行所に報告し、その指示を待ちたいと思います」

「狩野どの」

市五郎がたまりかねたように声を荒らげた。

「ここにはここのやり方がある。何故このようなことまで奉行所の指示をあおがねばならぬのじゃ」

「それが浦方御用所の務めではありませんか」

「それでは土地の者の協力を得ることは出来ぬ。長兵衛の顔を潰して、須崎村での取り調べがつづけられると思うか」

「とにかく、この件については私の指示に従ってください」

英一郎は断ち切るようにいった。時は刻々と過ぎていく。こんな争いに関わり合いたくはなかった。

「よろしい。では存分にされるが良かろう」

市五郎はそう吐き捨てると、刀を杖に立ち上がった。

「飲み直しですか」

「詰所にこんな物を持ち込まれては、おちおち眠ることもできぬ。明日はじかに大浦にまいるゆえ、御免」

市五郎はそう言うと足早に出ていった。

英一郎は土間に下りて口と顎をはかった。曲尺の目盛りを読もうと顔を寄せると、傷口からたちのぼる臭気が鼻をおそった。

たまらず後ろに飛びのいた。胃の腑がうらがえるほどの吐き気が突き上げてきた。

(これも浦賀奉行所に戻るためだ)

英一郎は歯をくいしばって戸板に近づき、死者の口に曲尺を当てた。

夜半までかかって、ようやく満足できる人相書が出来上がった。

翌朝、三次郎にそれを持たせ、船宿を回るように命じた。

下田には四十一軒の廻船宿と四十軒の小宿があり、港に入った船の水夫たちを泊めていた。もし殺された男が水夫なら、船宿の者たちが顔を覚えているはずである。

「どんな事でも構わん。船宿のもの全員に人相書を見せて確かめてこい」

「旦那はどうなさるんで」

「仏を埋葬する」

「分りました。片っ端から宿を当たって参りましょう」

三次郎はどんと胸を叩くと、尻はしょりして駆け出した。

近くの寺に無縁仏として埋葬する手続きをし、隠亡《おんぼう》たちに引き取ってもらったときには、すでに九ツ（正午）を過ぎていた。

英一郎は土間に清めの塩をまき、裏の井戸で手足を洗った。

朝から何も口にしていない。だが鼻の奥に死臭がこびりついているために、少しも食欲がわかなかった。

（これも奉行所へ戻るためだ）

英一郎は塩水でうがいをしながら、呪文のように繰り返した。

奉行所への報告を書き始めたとき、三次郎が息せき切って戻ってきた。

「どうした。何か分ったか」

「大浦に死人が上がりました。すぐに来て頂きたいと、横溝さまが」

「分った。馬を頼む」

英一郎は草履をはく間ももどかしく御用所を飛び出すと、三次郎が回した馬で大浦へ急いだ。

大浦は鵜島《うじま》と呼ばれる小高い山を隔てた所にある入江だった。

かつては下田奉行所が置かれ、江戸に入る船は大浦で積荷の検査を受けた。陸の箱根に匹敵する海の関所で、年間三千艘もの船が出入りしていたという。

大浦で検査を受けた船は下田港で風待ちをする。そのために下田は大いに栄えたが、享保六年（一七二一）に奉行所が浦賀に移されたために、昔日の面影を失っていた。

英一郎は坂下町から大浦に通じる切り通しを抜けた。

峠を越えて谷間の道を下ると、右手に下田奉行所の跡地があった。役所や船蔵、牢屋敷などが並んでいた所には、土地の者が掘っ建て小屋を建てて住んでいた。

入江の浜には二十人ばかりが集まり、丸く人垣を作っていた。その向こうに広がる海は、真昼の陽光をうけてきらめいている。

英一郎は浜の杭に馬をつないで、人垣をのぞき込んだ。

中には薦をかけられた死体が横たわっていた。背の高い男で、血の通わぬ白っぽい脛《すね》が薦からはみ出している。それを見ただけで、鼻の奥に昨夜の死臭がよみがえった。

「狩野どの、これを」

横溝市五郎が薦をめくりあげた。喉が横一文字にざっくりと裂かれていた。

英一郎はたまらず顔をそむけた。空になった胃袋から酸っぱいものが喉元まで突き上げたが、口を押さえて飲み下した。

「死体が上がったのは」

「今朝だ。昆布を拾いにきた子供が見つけたらしい」

「昨日と同じ傷ですね」

「二人とも同じ者の手にかかったのだろう」

「顔を見知った者はいないのですか」

「いない。貴殿がたずねることがあるかも知れぬと思って、残っておくように命じたのだが」

「いえ、特にありません」

「そうか。ではもう引き取っていいぞ」

市五郎が言うと、集まっていた者たちが残念そうに散っていった。

「ところで、このような物があったのだが」

皆が立ち去ったのを見届けて、市五郎が袖口から二つ折りにした布を取り出した。幅二寸、長さ二尺ほどの紫の布で、真ん中に丸に武田菱の紋が染め抜かれていた。

「これは松前藩の」

廻船用の荷布だ。松前藩は北前船の東廻り行路で産物を江戸に運んでいる。家紋を染めた荷布は、積荷の目印として付けているものだ。

「仏が握り締めていたものじゃ。どうやら松前藩の水夫らしい」

そうだとすれば、松前藩の御船問屋である白井屋文右衛門《ぶんえもん》に問い合わせれば、身元が分るはずだった。

二

鉄之助と呑海は二月二十五日の五ツ（午前八時）に人足寄場に戻ったが、船が石川島に近付くにつれて二人の表情が険しくなった。

寄場には役所や作業場、人足たちが寝泊りする人足部屋が立ち並んでいたが、その大半が波の直撃を受けて傾いたり壊れたりしている。中には根こそぎさらわれている建物もあった。

「こりゃあ、一からやり直しだなあ」

呑海がため息をついた。

船着場には寄場役人が出て、帰った者の名前と名簿をつき合わせていた。

「どうだい。役所はなんとか使えそうかい」

呑海が声をかけた。

「はい。泥さえぬぐえば元の通りになりそうです」

若い武士がかしこまって答えた。

船を下りた鉄之助は、一瞬目まいを感じた。足元が揺れているようである。その頼りなさが激しい不安を呼び起こした。

「おい、どうしたんだい」

蒼白になって立ち尽くす鉄之助に、呑海がいぶかしげに声をかけた。

「地が、地が揺れていませんか」

鉄之助は目を見開いてあたりを見回した。

体の奥底からせり上がってくる恐怖に、どうしていいか分からなかった。

「船酔いだよ。少し歩けば治まる」

「そうですか。船酔いですか」

ようやく歩き出したが、足がもつれて左によろけた。呑海が腕をつかんで支えた。

鉄之助がその手首を恐ろしい力で握り返した。

「痛いよ。鉄さん」

呑海に言われて我に返ると、鉄之助は他人の手でもながめるように顔の前に両手をかざした。

「すみません。自分でも何だか分らなくて」

「誰にでも苦手はあるさ」

呑海は腑に落ちない顔をしたが、それ以上追及しようとはしなかった。

寄場の被害は遠目に見たよりもずっと深刻だった。

東隣の屋敷跡は松林に守られているためにまだ良かったが、埋め立て地である人足寄場は一面に泥をかぶり、干潟のような有様だった。生乾きの泥からは、どぶの臭いが立ちのぼっていた。

鉄之助は再び立ちすくんだ。この景色に見覚えがある。一面の泥の海のなかに何百という人や牛馬の死体が埋まり、生き残った者たちは這い上がろうと虚空をつかんでもがいていた。

そんな地獄のような光景が脳裏に焼きついていたが、いつ、どこで起こったことか、どうしても思い出せなかった。

寄場の周囲にめぐらした竹矢来は跡形もなくなっていた。

九棟ある人足部屋のうち、どうにか修理して使えそうなのは三棟だけで、他は波に押しつぶされたり、柱石だけを残して消え失せていた。

二十人ばかりの人足たちが、作業場の戸や窓に打ちつけた板を取りはずしていた。

「頭、お待ちしておりました」

世話役の平次郎《へいじろう》が声をかけた。

鉄之助たちが入っている二番部屋のまとめ役をしているおだやかな男だった。

「やあ、早かったんだね」

「娑婆にいても用がないものですから、昨日のうちに」

寄場に戻ったのだという。他の人足たちも同じだった。身寄りも銭もない者は、娑婆にいるより寄場にいるほうが楽なのだ。

「これじゃあ、泊る所もなかっただろう」

「役所の板の間に泊るように、田口さまが計らって下さいました」

「あいつもいい所があるじゃねえか。で、今夜はどうだい。みんな帰ってくるんだが」

「作業場の泥をさらえば、雨露だけはしのげると思います」

「そうだなあ。しばらくは蓙《ござ》でも筵《むしろ》でも敷いて寝泊りするしかねえか」

作業場は寄場に収容された者たちに職を授けるために作られたもので、大工、左官、屋根屋、籠屋、鍛冶屋、紙漉《かみすき》などさまざまな職種があり、人足たちは希望する職を身につけることが出来た。

人足寄場が授産場的な性格が強かったことはこのことからもうかがえるが、さらに驚くべきことは、仕事のためなら人足たちを江戸に出していたことだ。

しかも仕事によって得た銭の三分の一はその場で支払われ、三分の一は寄場を出る日のために貯《たくわ》えられ、残り三分の一が寄場の維持費に充てられた。

だが、この人足寄場も設立十年目にして財政難のために大きな危機をむかえていた。

寄場の予算は年間金二百両、米七百俵と定められていたが、実際の支出は創立四年目の寛政五年（一七九三）には、すでに金五百二十八両にのぼり、その後も年々増えていった。

この不足を補うために呑海たちは八方手を尽くしたが、財政引き締めに躍起となっている幕府が予算増に応じるわけもなく、また人足たちの仕事による収入も頭打ちだった。

「泣きっ面に蜂とはこのことだなあ。よりによってこんな時に高波が来ることはなかろうに」

呑海はそうつぶやきながら紙漉場をのぞき込んだ。

建物だけはどうにか無事だったが、紙漉道具も出来上がった紙も泥水をかぶって使い物にならなくなっていた。

定められた九ツ（正午）には、三百人あまりの人足たちが一人残らず寄場に戻ってきた。元締役の田口平吉がそのことを告げると、集まった人足たちからどっと歓声が上がった。

呑海は部屋ごとに人足たちを分け、作業場の改修をするように指示した。

「今夜から当分は寝泊りすることになるんだ。手を抜かねえでやってくれよ」

その一声で、皆がいっせいに持場に散った。

鉄之助は二番部屋の仲間三十人ばかりと、籠屋の作業場の改修に取りかかった。

窓が破れ、泥水が流れ込んでいる。寄場の中でも最も南側に建てられているために、他の作業場より被害が大きかった。

「ひでえ所に当たったもんだ」

ねじりはち巻きをした人足が、戸板を開けて愚痴をこぼした。

「誰かがやらなきゃしょうがあるめえ。さっさと中の物をほうり出そうぜ」

銀次がそう言って作業場に足を入れた。

「どうだい鉄さん。解き放ちの間にいいことがあったかい」

散乱した竹を集めていた鉄之助に、銀次が声をかけた。

「いいえ、別に」

「俺はあったぜ。こいつんところにしけ込んで、三日間いいことずくめさ」

銀次が得意気に小指を立てた。向島《むこうじま》に言い交わした女がいるという。

「どうりで肌の艶がいいや」

十四、五の少年がそんな茶々を入れた。
「あたぼうよ。俺なんかの面を見る暇があったら、女置場でものぞいて来やがれってんだ」

「女たちがどうかしたのかい」

「どうかしただと。解き放ちの間にいいことしてきた女はな、俺なんかよりずっと肌の艶がいいぜ。目の色だってちがってらあ」

「そんなもんかね」

「そんなもんさ。さあさあ、こいつを外に出してくれ。お前にはこんな話は十年早《はえ》えや」

銀次は泥の入った籠を少年に押し付けた。

鉄之助は束にした竹を作業場の外にかつぎ出し、洗い場まで運んだ。汚れた竹を洗わなければ、籠の材料として使えなかった。

「あのう」

背後で遠慮がちな声がした。

ふり返ると、小柄な男が身をすくめて立っていた。嵐の日に鉄之助が助けた男だった。

「五番部屋の六蔵《ろくぞう》といいます。先日はどうもありがとうございました」

「礼なんかいいんだ」

鉄之助はそう言っただけで、ごしごしと竹を洗い始めた。

六蔵はまだ何か言いたそうにしていたが、深々と頭を下げて足早に立ち去った。

「おおい、鉄さん」

銀次がそう叫んで駆け寄ってきた。

「何だい、あいつは」

六蔵の背中をちらりと見て言った。

「この間、土手から落ちた人ですよ」

「あのとろい奴か。何でも呉服屋の手代だったそうじゃねえか」

だが、博打におぼれ、店の金に手をつけたという。

「おっといけねえ。頭が呼んでいなさると伝えに来たんだっけ」

「頭が」

「すぐに役所に行ってくんな」

役所の座敷には呑海と二人の男が向き合っていた。

座敷といっても、泥水に汚れた畳は剝がしてある。板張りの床に、羽織を着た二人が端座していた。

そのうちの一人に見覚えがある。湯屋の帰りに助けた櫛屋だった。

「こちらさんが、鉄さんに頼みたいことがあると言われるんでね」

着流し姿の呑海は、あぐらをかいたままだった。

「秋広平六と申します。先日は危ない所をお助けいただき、ありがとうございました」

平六が深々と頭を下げた。

あの日は暗がりで分らなかったが、日に焼けた引き締まった顔をしている。濃い眉や大きな目が、意志の強さと行動力の確かさを表わしていた。

「こちらは義理の兄で伊勢屋庄次郎《いせやしょうじろう》と申します」

「八丁堀で島宿を任されている者でございます。このたびは平六が大変お世話になりましたそうで、誠にお礼の申しようもございません」

庄次郎がもみ手をせんばかりにして言った。

五十ばかりの丸顔の男で、ふっくらとした口もとに愛想のいい笑みを浮かべていた。

「島宿というと、十軒町《じっけんちょう》の」

「はい。十軒町の島方会所へ来ていただく、伊豆七島の皆様の定宿でございます」

「それで、頼みごととは何でしょうか」

「実は……」

平六は言いよどんだ。すかさず庄次郎が後を引き取った。

「岡さまに、この平六の護衛をしていただけないかと思いまして」

鉄之助は何を言われたのか分らないまま、平六と庄次郎を交互に見つめた。

「先日襲った者たちが何者かは存じませんが、あのようなことがあってはこの先落ち着いて仕事をすることが出来ません。そこで岡さまに平六を守っていただきたいのです」

「つまり、用心棒になれと」

「今すぐにというわけではありません。詳しいことはこちらの」

庄次郎は呑海を何と呼んでいいのか迷ったらしく、一瞬言葉に詰まった。

「こちらのお頭にお願いいたしましたので、どうぞ、よろしくご検討下さいませ。では、他に回る所もございます。本日はこれでご無礼させていただきます」

庄次郎は一礼すると、平六をうながしてあわただしく立ち去った。

「何ですか、あの人たちは」

二人を見送ってから、鉄之助は呑海にたずねた。

「これだよ」

呑海がたもとから取り出した物をどさりと置いた。

封印されたままの二十五両の切餅が四つである。

「この間のお礼だとさ。ある所にゃあるもんだね」

「話は、用心棒のことだけですか」

いくら命を助けたとはいえ、その礼だけに百両もの金を持ってくるはずがなかった。

「お察しの通りでね。これは人足寄場を釣るための撒き餌なのさ」

呑海は切餅をお手玉のようにもてあそびながら、伊豆大島に新たな港を開くという庄次郎らの計画を語った。

伊豆大島の南端に波浮《はぶ》という港があるが、港口が狭くて浅いために小さな船しか入れない。そこで開削工事をして千石積みの船でも出入り出来るようにするという。

利点は二つあった。

現在、蝦夷地や奥州から江戸に入る船は房総沖を回って伊豆の下田に入港し、西や南からの風を待って江戸に入っているが、波浮が開港すればこの航路が大幅に短縮できること。

そしてもうひとつは、この港を避難場所とすることで伊豆大島付近を通る廻船の海難事故を防ぐことができることである。

だが、この工事には延べ一万人以上の人夫が必要である。しかも海がおだやかな春から夏にかけての突貫工事で完成させなければならない。その人夫を人足寄場から出してもらえないかというのが、伊勢屋や秋広平六の申し出だった。

「雇ってくれる人数も多いし、日当も普通の倍は出すと言うんだ。悪い話じゃないんだが」

寄場の運営資金に困っている呑海にとって願ってもない話である。実際のところこの百両がなければ、人足部屋を建て直すための板や柱さえ買えないのだ。

「そのような大きな工事を、二人の商人だけで出来るのですか」

「いいや。もちろん幕府の許しを得て、御金蔵から銭を引き出すのさ。幕府の工事でなけりゃあ、寄場から人を出すことは出来ねえよ」

「では、もう幕府には」

「これから許しをもらうんだとよ」

そのために勘定奉行の石川忠房《ただふさ》に会いたい。その仲立ちをしてもらえないだろうか。伊勢屋はそう頼んだのだ。

「このうちの半分くらいは、そのための撒き餌だろうな」

呑海は掌《てのひら》で百両の重さを確かめながら、困り切ったような渋面を作った。

三

同心詰所の文机に広げた人相書を、狩野英一郎はじっと見つめた。

悪い出来ではない。目や口元の線は、強情で意地っ張りだったにちがいない男の特徴をよくとらえているし、生きているような精気もある。

だが人相書を三次郎に持たせ、船宿や小宿をしらみつぶしに当たらせたが、返ってくるのは知らないという答えばかりだった。

英一郎は腹の中で舌打ちをした。皆が口裏を合わせているようだと痛切に感じたのは、三日前に松前藩の御船問屋である白井屋文右衛門を訪ねた時だった。

丸に武田菱の家紋のはいった荷布を示した英一郎に、白井屋は藩の船に事故があったとは聞いていないし、そのような男も知らないと答えた。

その態度はどこか不自然だったが、証拠を持たずにそれ以上踏み込むことは出来なかった。

「くそっ」

英一郎は人相書をくしゃくしゃに握りつぶした。

得意気にこんな物をふり回している自分を、高い所であざ笑っている者たちがいるような気がした。

「狩野どの」

横溝市五郎が険しい形相で入ってきた。

「何か分りましたか」

英一郎はものうげな目を向けた。

「三次郎に白井屋を見張らせていると聞いたが、誠か」

「それがどうかしましたか」

「白井屋は帯刀問屋じゃ。取り調べには充分に気を配るようにと、あれほど申したではないか」

「ですから、あのまま引き下がったではありませんか」

「そのかわり、三次郎に張らせておる」

「それは白井屋に疑わしい所があるからです」

「とにかく、すぐに中止するのじゃ」

「白井屋が何か言ってきたのですか」

「確実な証拠があるならともかく、荷布一枚で白井屋をつけ回すことは出来ぬ」

「その証拠をつかむためにしていることです。白井屋が難癖をつけてくるのも、調べられては都合の悪いことがあるからではありませんか」

「貴殿はまだ日が浅い。帯刀問屋がこの土地でどれほどの力を持っているか知らんからそんなことを言うのだ」

問屋とは、大浦に下田奉行所があった頃、奉行所に勤めて積荷の検査に当たった者たちのことだ。

問屋のうちには大名家の船を改める者もいたが、身分が低くては充分な検査が出来ないので特別に士分扱いとし、名字帯刀を許した。これが帯刀問屋の始まりである。

やがて彼らは各藩専属の御船問屋となり、大名家との結び付きを強めた。問屋が代々世襲とされたために、その結び付きはいっそう強くなった。

奉行所が浦賀に移されたのちも、下田の問屋は存続を認められ、毎月交代で浦賀に出張して検査に当たり、帯刀問屋と大名家の結び付きも昔のままに保たれた。

しかも奉行所が浦賀に移されると、帯刀問屋は副業として廻船業を始めた。大名家との結び付きを利用して、江戸や下田での代理店のような働きを始めたのである。

現在、下田には六軒の帯刀問屋があるが、いずれも数隻の船を持って廻船業を行っている。中でも白井屋は松前藩の積荷の大半を扱う、下田でも指折りの実力者だった。

「ご忠告はありがたいが、私も下田に来て一年になりますので」

知っているどころか、白井屋が何艘の船を持ち、何人の使用人を使い、どれくらいの収入を上げているかまで調べ上げていた。

「では、白井屋と秋元隼人《あきもとはやと》どのが昵懇《じっこん》の仲だとはご存知かな」

「えっ」

英一郎は虚をつかれたような声を上げた。

秋元隼人は第十四代の浦賀奉行で、昨年の八月に任についたばかりだった。

「だから貴殿は若いと言うのじゃ。そのようなことでは浦賀奉行所に戻るどころか、浦方御用所の役目さえ務まらんぞ」

市五郎は高らかに笑った。

英一郎は顔を赤らめてうつむいたまま、丸めた人相書を握りしめた。

昼は市五郎と一緒に、彼の妻が作ってくれた弁当を食べた。

御飯に焼魚や香の物をそえただけの弁当だが、妻子を浦賀に残してきている英一郎にとって家庭の匂いのする何よりの御馳走だった。

「焦ったら負けじゃ。手さえ打っておけば、手がかりは向こうからやってくる」

市五郎は丈夫な歯で魚の骨までかみくだきながら言った。

そんな時の彼は実に人のいい、頼もしい男に見える。英一郎がこれまで市五郎となんとかうまくやってこれたのは、こんな面があるからだ。

須崎村の名主長兵衛が訪ねてきたのは、弁当を食べ終えて午睡にかかった時だった。

「どうした。何の用だ」

英一郎が応対に出た。

「あの、横溝さまは」

「奥で休んでおられる」

「そうですか」

長兵衛は困ったように戸口に立ち尽くした。

「用向きのことなら、私が聞こう」

「実は、松吉のことですが」

「松吉なら奉行所の指示があるまで牢を出すわけにはいかぬ」

「実は、そのことでお知らせしたいことがございまして」

「知らせとは何じゃ」

寝入り端を起こされた市五郎が、目をこすりながら出て来た。鬢《びん》の毛がほつれ、袴の帯はゆるんだままだった。

「漂着物を隠し持っている者がおりました」

「誰だ。今どこにいる」

英一郎が気負い込んで割って入った。

「お話しする前に、お約束を果たしていただけるかどうか伺いとうございます」

「約束……。何の約束だ」

話していなかったのか。長兵衛はそう言いたげな目を市五郎に向けた。

「この長兵衛があまり熱心に松吉の赦免を求めるのでな。何か事件の解決につながる知らせを持ってきたら、狩野どのも応じられるだろうと申したのじゃ」

市五郎は鬢のあたりを笄《こうがい》でかきながら言った。手を打ったとはこのことだったのだ。

「どうであろう。承知してくれまいか」

「しかし……」

罪人と引き換えに情報を取るなど許されることではない。だが、もし断われば長兵衛は意地でも口を開かないにちがいなかった。

「もし、長兵衛の話が事実なら」

釈然としないものを感じながらそう答えた。

「有難い。長兵衛、許しが出たぞ」

「ありがとうございます。漂着物を隠し持っているのは、外浦《そとうら》の漁師源太《げんた》でございます」

嵐の翌日漁に出た源太は、二里ほど沖に出た時、木箱につかまって漂流している男を見つけた。男は気を失っていたが、胴綱を木箱に結びつけていたために助かったのだ。

源太は男を船に引き上げ、家に連れ帰って介抱したが、なぜか役所にも届けずにひた隠しにしているという。

「その男の住まいは存じておろうな」

「これから、村の者に案内いたさせましょう。このことはどうかご内聞に」

源太の家は外浦の南のはずれにあった。

爪木崎《つめきざき》の方に一里ほど下った人里離れた一軒家である。源太の祖父が何かの不始末で村八分にされ、以来この場所に住んでいるという。

家の前には小さな入江があり、小舟がつないであった。

源太は漁の稼ぎで老父母と二人の弟を養っていた。家は藁ぶきの掘っ建て小屋で、海からの風に吹かれて山側に傾いていた。

庭先には手拭いをかぶった老婆が座り込み、網のつくろいをしている。その側では真っ黒な猫が春の陽をあびてうたた寝をしていた。

「あの家に間違いないな」

「はい。源太の家でございます」

案内の男はそう答えると、来たばかりの道を後も見ずに引き返していった。

英一郎は刀の鍔元《つばもと》をぐっとつかむと、大股で老婆に歩み寄った。市五郎は裏口に回った。

「浦方御用所の者だ。源太はおるか」

老婆はあっと見上げると、奥に向かって大声を張り上げた。

「源坊、役人だ。逃げとくれ」

英一郎は家の中に踏み込もうとした。

その足に老婆がしがみつく。ふりほどこうとした時、半裸の男が戸口に現われた。

六尺（約百八十センチ）はゆうにある。はだけた肩や胸には瘤《こぶ》のように筋肉が盛り上がり、胸には黒々とごう毛が生えている。

源太は戸口に立てかけてあった櫂《かい》をつかんだ。

二間ちかい物干し竿のような櫂を軽々と振り上げると、獣のような叫びを上げて打ちかかった。

英一郎は一歩下がってそれをかわした。

源太が櫂の勢いに引きずられてたたらを踏む。

刀の鯉口《こいぐち》を切ろうとした英一郎の手を、老婆が押さえようと飛びかかった。

肩先を突いて払った時、体勢をたて直した源太が櫂を打ち下ろす。

英一郎は静かなものだ。斜め前に一歩踏み出し、抜く手も見せずに刀を横に払った。

源太は茫然《ぼうぜん》と手元を見つめ、足が萎《な》えたように座り込んだ。櫂が手元一尺ばかりの所からすっぱりと切り落とされていた。

「雑作をかけるでない」

英一郎は刀を収めた。

倒れ伏した老婆と眠りをさまされた黒猫が、身を寄せてうらめしげに睨んでいた。

「男はどうした。お前が助けた漂流者だ」

「へ、へえ。もうここにはいないんで」

源太は尻餅をついたままじりじりと後退《あとずさ》った。

「いないだと」

「昨日漁から戻ると、どっかへ行っちまってたんでさあ。本当だ。嘘じゃねえ」

「その男は、どこの者だ」

「それが、一言もしゃべらなかった。何を聞いても答えねえんだ」

「適当なことを言うと」

英一郎は刀の柄《つか》に手を当てて一歩踏み出した。

「ちがう。本当だ。何も聞いちゃいないんだよ。なあ、おっ母」

「そうだとも。さんざん世話をやかせやがって、礼も言わずに出て行きやがった」

老婆が憎々しげに唾を吐いた。

「そうだ。あの男の腕に入墨があった」

「どこに」

「ここんとこに、線が二本と大という字だ」

丸太のような二の腕を指していった。伊豆大島の流人に入れる入墨だった。

「そうか。荷物はどうした」

「それならここにあるよ」

奥から市五郎の声がした。

土間の片隅に棺桶ほどの大きさの木箱があった。箱には薄い紙がはりつけてある。蓋を開けると生臭い匂いがした。

「いりこだ。それもとびきり上等の」

「とすると、やはり松前藩の」

「どうやらそうらしい。これを見られい」

市五郎が木箱の蓋の紙をこすり取った。真新しい板には、丸に武田菱の焼印が押されていた。

翌日、二人は白井屋を訪ねた。

稲生沢川《いのうざわ》ぞいに建つ店は、なまこ壁の築地塀をめぐらした豪壮なものだった。敷地内には五つの蔵が並び、船で積荷を出し入れするために水路が引き込んであった。

「おそろいで、何のご用ですかな」

客間で二人を迎えた文右衛門は落ち着き払っていた。

縦長の角張った顔をした男で、肩幅の広い堂々たる体格をしている。商人というより古武士といった風格があった。

「昨日、このような物を手に入れました」

英一郎は懐紙に包んだいりこを差し出した。

ナマコを茹でて干したもので、乾燥芋のような形をしていた。

「上物のいりこですな。これをどこで」

「外浦に漂着したものです。木箱には松前藩の家紋がありました」

「ほう。外浦にねえ」

「先日荷布のことでお伺いしたとき、藩の船に事故はないと申されましたが」

「信じていただけなかったとは、あの十手持ちが店の周りをうろついていたことからも分りましたがね。船に事故はありません。松前藩の江戸屋敷に問い合わせていただけば分ることです」

文右衛門は長いキセルにタバコを詰めて吸い始めた。

「では、どうして藩の荷布を持った死人や積荷が流れ着くのでしょう」

「分りませんなあ。荷綱が切れて海にほうり出されたのかもしれませんが」

「あの日、お宅の船は下田沖を通っていなかったはずですが」

英一郎は相手の隙を見逃さなかった。

松前藩の荷を積んだ白井屋の船が下田に入ったのは、嵐の三日前なのだ。もし嵐の日に船に事故があったとすれば、浦方御用所に無届けということになる。

「何も嵐の日に積荷を落としたとは言ってませんよ。天竜丸が下田に入った日もかなり海が荒れていましたから、そんな可能性もあると思っただけです」

文右衛門はゆったりとキセルを吸った。

天竜丸とは千石積みの北前船である。白井屋はこの船で松前藩の荷物の輸送を請け負っていた。

「落としたかどうか、天竜丸の船頭から報告はなかったのですか」

「ありません。自分の落度になることですから、隠したのかもしれませんな」

「二人の水夫が死んでいるのですよ」

「死んでいたのは、うちの水夫ではないと申し上げたはずです。もっとも船頭がどこかの港で雇い入れたのなら分りませんが」

「確認していただけますか」

「承知しました。江戸に行っているので、しばらく暇がかかりますが」

「結構です。ところで荷を運ぶ時、荷主を隠す必要でもあるんですか」

「どういうことでしょう」

「木箱には紙が張りつけてありました」

「ああ、そのことですか」

文右衛門はさもおかしげに笑うと、キセルの火をタバコ盆に落とした。

「あれは木箱に汚れがつかないようにするためです。店に下ろすにも真新しい箱のほうが喜ばれますから」

「なるほど。そうでしたか」

市五郎が目くばせを送った。そろそろ退《ひ》け時《どき》だという合図である。

「そうそう。この間秋元さまにお会いして、碁を打ったんですがね。あなたさまのことをずいぶん誉めてらっしゃいました。いつまでも御用所に置いておくには惜しい切れ者だとね」

文右衛門は玄関口まで送りながらさりげなく言った。

四

嵐から五日が過ぎたが、明神丸の消息はつかめなかった。

大島屋庄右衛門は庄助や島役人の村上伝八《でんぱち》と連日対策を練ったが、不安と心配に気が動転しているので話に集中することが出来なかった。

これまで庄右衛門はこの島で何不自由なく暮らしてきた。伊豆大島一の廻船問屋の跡継ぎとして生まれ、金に困るということもなかった。

十年ほど前からは店の采配を庄助にまかせ、酒と美食と後添いにしたお玉との交情を余生の楽しみとしてきた。

ところが今やそのすべてがはぎ取られようとしている。明神丸が消息を絶って以来、頭を強く打ちつけたように茫然としているのも無理はなかった。

「旦那さま、旦那さま」

庄助が肩をゆすった。

庄右衛門ははっと我に返った。伝八の話を聞きながら、我知らず物想いにふけっていたのだ。気がつくと親指の爪をふやけるほど噛みつづけていた。

「あっ、いや。これはどうも」

庄右衛門はあわてて両手を背中に回した。

「疲れたのなら、奥で休んだらどうだ」

伝八が皮肉な目を向けた。

浅黒い顔をした無愛想な男で、誰に対しても居丈高で容赦がなかった。

「こんな時に寝込んでなどいられません。構わないから話を続けて下さい」

「浦賀からも江戸からも連絡がないところを見ると、明神丸が入港しているとは考えられません」

庄助が話をつづけた。

嵐の翌日、庄助は下田と浦賀と江戸に三人ずつを派遣していた。明神丸が入港していないか、あるいはどこかの浜に積荷が漂着していないか調べるためだ。

また三隻の船を出して明神丸と同じ航路を取らせ、積荷が海上に漂っていないかどうか当たらせたが、何の手がかりも得られなかった。

「もう沈んだと考えたほうが良かろう」

伝八がそう言って茶をすすった。

その突き放した言い方が、不安に波立っている庄右衛門の心を逆なでにした。

「そんな他人事《ひとごと》みたいなことを言わないで下さい。事がおおやけになれば、村上さまも同罪なのですよ」

伝八は大島屋の不正を見逃すかわりに、月々かなりの金をせしめていた。それは韮山《にらやま》代官所から下りる給金よりはるかに多い額だった。

「そんなことは分っておる。だからこうして出向いておるのだ」

「それでは沈んだなどと軽はずみなことを言わないで下さい。私はもう心配で心配で」

庄右衛門は額に手を当ててすすり泣いた。

「旦那さま、やはり奥でお休みになったほうが」

庄助が言ったが、庄右衛門はその場を動こうとしなかった。

「もし沈んだとすれば、取り調べは浦賀奉行所ということになる。そちらの方には手を打ってあるだろうな」

「はい。白井屋さんにお願いしてあります」

「たとえ積荷がどこかに流れ着いたとしても、奉行所の手に渡ることはまずあるまい。たとえ渡ったとしても、白井屋ほどの力があればもみ消すことはたやすかろう」

「そうだといいのですが」

庄助は何か別の気がかりがあるようだった。

「庄助、お前何か隠しているんじゃないのかい」

「いいえ、何も」

「それならいいんだが、この間妙なことを言っていたじゃないか」

「村上さまは浦賀奉行所にも身寄りの方がお有りだと申されましたね」

庄助は聞こえなかったふりをして伝八に話を向けた。

「お、おるとも」

伝八はうろたえながら答えた。

「そのお方を通じて奉行所の動きを探っていただくことは出来ませんか」

「われらと浦賀奉行所とは受け持ちがちがう。御用向きのことには互いに触れぬのが礼儀なのじゃ」

島役人は伊豆の韮山代官所の支配下で、浦賀奉行所とはほとんど交流がなかった。

「そこを何とかしていただけると助かります。そのお方にも相当のお礼はいたしますから」

「まあ、一応は当たってみるが、融通のきかぬ奴だからのお」

伝八は困りきったように黙り込んだ。

「旦那さま、下田の白井屋さんから使いの方が見えられました」

客間の襖を開けたお玉は、膝もつかずに言った。

ようやく許してもらった浅草行きが、明神丸の遭難のせいで中止になって、すっかりへそを曲げていた。

「そうかい。すぐに通しておくれ」

白井屋の使いは、直次郎《なおじろう》という四十ばかりの背の低いずんぐりした手代だった。

「遠い所をようこそお出《い》で下さいました。ささ、こちらへ」

庄右衛門は自分で座布団をすすめた。

大島屋の運命は白井屋の出方いかんにかかっている。その思いが卑屈なまでの態度をとらせた。

「村上さまもこちらでしたか。それはようございました」

直次郎は挨拶もせずに用件を切り出した。白井屋の金看板を背負っているという自負が、えらの張った顔に表われている。

「この男に見覚えがおありでしょうか」

直次郎が黒つむぎの小袖の袖口から四つ折りの紙を取り出した。英一郎が描いた人相書だった。

「佐六《さろく》だ」

庄助の顔がさっと青ざめた。

「佐六って誰だい」

「明神丸の水夫です。でもどうして佐六の人相書が」

「須崎の浜に流れついたんですよ。喉をざっくりとやられてましてね。これは男の身元を探るために浦方御用所で作ったものです」

庄助の顔はますます強《こわ》ばり、紙のように真っ白になった。

「じゃあ、やはり明神丸は沈んだんだね」

庄右衛門は小さくつぶやいてがっくりと肩を落とした。

「でも、どうしてそんな。どうして喉なんか切られるんだ」

「さあ、それは私にも」

庄助は庄右衛門と目を合わせることを恐れるように顔をそむけた。

「この男ばかりではありません。もう一人、やはり喉を切られた男が大浦に流れ着いています」

「いったい、明神丸で何があったんだ」

明神丸には確かにおおやけに出来ない荷が積んである。白井屋から松前藩の荷を横流ししてもらい、大島屋の船で江戸の島方会所に荷揚げしているからだ。

だが、いったいどうして二人も殺されるようなことが起こったのか。

庄右衛門は自分の知らないうちに大きな陰謀に巻き込まれているような不安にかられた。

「浦方御用所では、この男の身元を洗っているのだな」

伝八が懐手のままたずねた。

「死人だけなら問題はないんですがね。生きて流れ着いた水夫がいるんですよ」

明神丸の積荷とともに外浦に漂着した者がいる。その男は助けられた漁師にも身元を明かさずに姿を消したが、積荷が松前藩のものだということが御用所の同心に知られてしまった。御用所では抜け荷の疑いもあるとみて、姿を消した男の行方を追っている。

直次郎は事実だけを淡々と語った。

「もしこの男が口を割れば、事は面倒になります。腕に二本の入墨があったそうだが、大島屋さん、誰か心当たりはありませんか」

「庄助、お前知っているかい」

庄右衛門は大半の仕事を庄助に任せっ放しにしている。水夫どころか船頭の顔さえ知らなかった。

「いえ、入墨者などは」

明神丸には乗っていない。庄助はそう答えた。

「本当ですね。隠しごとをすると、かえってお宅のためになりませんよ」

「何も隠してなどおりません」

「そうですか。とにかくこの男を見つけることが先決です。何か手がかりがあればすぐに知らせて下さい」

直次郎はそう言うと性急に立ち上がった。

「酒の用意をさせていますから、ゆっくりしていって下さい。そうだ。今夜はうちに泊っていかれたらいい」

庄右衛門が引き止めた。

「あいにく酒なんか飲んでいる暇はないんでね。そうそう。万一事がおおやけになった時には、すべて大島屋さんの責任で片を付けて下さるようにお願いしますよ」

直次郎は指を突きつけ、脅しつける仕草をして出て行った。


その夜庄右衛門は眠れなかった。嵐の夜以来満足に眠ったことはない。だが、この夜ほど徹底して眠れない夜はなかった。

白井屋に誘われてこの仕事に手を出したのは三年前のことだ。

五年前の寛政六年（一七九四）まで、伊豆七島の産物は島問屋の大島屋と島屋《しまや》が独占していた。ところが三年前に江戸の十軒町に島方会所が作られ、会所を通せば誰でも自由に産物を扱えるようになった。

　これは江戸の伊勢屋庄次郎と秋広平六が、幕閣や韮山代官に働きかけて実現したことだ。

　伊勢屋は島問屋の独占の弊害を証明するために、大島屋と島屋が御蔵島《みくらじま》や三宅島で柘植《つげ》や桑を買い叩いて暴利をむさぼっていると告発した。

　そのため両者は特権を剝奪され、半年間の営業停止と罰金を命じられた。しかも新しく参入した伊勢屋に、伊豆七島での商いの大半をさらわれたのである。

　この時、救いの手を差し伸べたのが白井屋だった。

　白井屋は松前藩の御船問屋という立場を利して、藩の荷を大量に扱っていたが、大島屋の船でそのうちのいくらかを運ばないかともちかけてきた。

　浦賀奉行所での検査を受けて江戸に持ち込めば、高い検査料と税を取られる。だが、伊豆七島の船なら検査を受けずに島方会所に持ち込むことが出来る。

　島方会所が勘定奉行の支配下におかれているための特権である。これを利用して抜け荷をやろうというのだ。

　庄右衛門は迷った末に承知した。傾いた店をたて直すにはそれ以外に方法がなかったのである。

（それを今になって、うちだけに責任を押し付けるとは……）

悔しさに次第に息苦しくなってきた。太り過ぎているせいか、疲れたり気持が高ぶると胸が圧迫されるのだ。

庄右衛門は枕元から薬籠を引き寄せ、熊胆《ゆうたん》を取り出した。熊の胆のうを干したもので、疲労回復や腹痛に効くばかりか強精剤としての効果も抜群である。

耳かき一杯ほどの熊胆を水にといて飲むと、用を足すために手燭を持って外へ出た。

空には月も星もない。手燭がなければ、鼻をつまれても分らないほどの深い闇に包まれていた。

厠《かわや》は庭を横切った所にある。庄右衛門は下腹が尿意に張るのをこらえながら、用心深く庭石を踏んで渡った。

厠の戸を開けるとにぶく軋む音がした。正面の棚に手燭を置いて用を足した。ぞくっとする快感が、放尿を終えると同時に体を貫いた。

（お玉の奴、いつになったら許してくれることやら）

快楽の想像ににやりとした時、背後から襲われた。何者かが紐を首に回して後ろに引き倒し、物も言わずに締め上げた。

「だ、誰だ」

庄右衛門は首に食い込んだ紐をつかんでもがいた。

「仲間のうらみだ。思い知れ」

男はかがみ込んで締め上げる。相手の息が顔にかかるが、その姿は黒い影としか見えなかった。

「待て。私は知らん」

庄右衛門はあえいだ。紐が喉に食い込む。血が止まって顔がふくらんでいくようだ。

「明神丸の者だよ。みんな死んだと安心していただろうが、あいにくだったな」

「それなら、話がある。待ってくれ」

庄右衛門は必死で紐を引き戻そうとして叫んだ。

喉がつかえて激しく咳き込んだ。

「いまさら言い訳なんか聞きたくねえ」

「明神丸で何があったか教えてくれ。金なら払う」

「お前、本当に」

男は低くつぶやくと、ふっと腕の力をゆるめた。

五

船松町《ふなまつちょう》の渡し場で船を下りた呑海と鉄之助は、十軒町の「浜風」に向かって歩いた。

隅田川西岸から築地にかけては、鉄砲洲と呼ばれる砂洲だった。ところが明暦年間（一六五五〜五八）に砂洲が埋め立てられ、本湊町《ほんみなとちょう》、船松町、十軒町、明石町《あかしちょう》の四つの町が作られたのである。

やがて二人は十軒町の三叉路《さんさろ》にさしかかった。「浜風」は右に折れて二町ばかり行った所だった。

「まだ間があるから、ちょっと寄り道していこうか」

呑海はそう言って築地につづく海ぞいの道を歩いた。

道の左手には桜の並木がつづいている。嵐の通過を待っていたように一斉に花開いた花が、海からの風を受けて舞い散っていた。

海には白い帆を張った船が、人が歩くほどの速さでゆっくりと行き来していた。桜の並木が切れると、大型の船が沖に錨《いかり》をおろしているのが見えた。長さが二十間（約三十六メートル）ばかりもある。帆は下ろしているが、帆柱の高さだけでも十間ちかくあった。

船には何隻もの平田船が横付けし、積荷を移していた。荷を満載すると、双肌脱《もろはだぬ》ぎになった船頭が岸にむかってこぎ寄せた。

二人は海ぞいの道を北に折れた。しばらく歩くと、運河に面した所に木の香のするような真新しい倉庫が三棟並んでいた。

前には石垣で築いた船着場がある。明石橋をくぐってきた平田船が横付けすると、大勢の人足が乗り込んで荷を下ろし、倉庫に運び込んだ。

「あれが島方会所さ」

呑海が倉庫をあごで指した。

伊豆七島の産物はすべてここに運ばれ、勘定方の監視の下に江戸の商人に売りさばかれる。幕府はその売り上げの二割を税として徴収していた。

「この間来た伊勢屋の肝入りで作ったんだ。この会所が出来たおかげで、誰でも島に行って商売が出来るようになった。また島の方でも、島問屋に買い叩かれていたものを高く売ることが出来る。幕府にはそれだけ運上金が入る。三方いいことずくめなんだがね。一番得をしたのは伊勢屋なのさ」

伊勢屋は会所を作る前に伊豆七島での根回しを終えていたために、他の店よりはるかに有利に商売を進めることができた。

しかも島方会所に来た伊豆七島の島民は、八丁堀の島宿以外に泊ってはならないこととし、その島宿の経営を引き受けたのだ。

産物を買うために島民に払った金を、島宿で回収する。あくどいほどに抜け目のないやり方だった。

「気が進まないのはそのためなのさ。どうも、いいように利用される気がしてね」

呑海は仕方なさそうに笑うと、足元の小石を海に蹴り落とした。

「浜風」では勘定奉行の石川忠房が待っていた。

九ツ（正午）を過ぎたばかりで店は暖簾を出していなかったが、お浜は万事を心得て忠房を奥の座敷に通していた。

「やあ忠さん。こんな所に呼び出したりして済まなかったね」

呑海は気軽に声をかけると、忠房の前にどっかりとあぐらをかいた。

「長谷川《はせがわ》どの、ご無沙汰いたしております」

腕枕をして横になっていた忠房は、あわてて体を起こした。

二年前、四十三歳の若さで勘定奉行に抜擢された男である。瓜実形のおだやかな顔付きをしていたが、広い額やきりりとした眉が、聡明さと意志の強さを現わしていた。

「おいおい。俺はもう出家の身だ。呑海と呼んでくれねえかな」

「これは失礼しました。つい昔の癖で」

「大分待たせちまったようだね」

「半刻（一時間）ばかり前でした。昨夜御用向きのことで遅くまで客があったものですから、横にならせてもらいました」

「忙しいとこ済まねえな。こちらは岡鉄之助さんと言ってね。これから何かと手を貸してもらおうと思ってるんだ」

「そうですか。石川忠房と申します」

忠房は両手をついて几帳面な挨拶をした。

鉄之助はまごついて頭を下げた。幕閣にあって有能をうたわれた石川忠房に、まるで同格の者に対するように出られては、どう応じていいか分らなかった。

「あらましは文に書いた通りなんだが、忠さん、秋広平六という商人に会ってくれるかね」

「面白い話だとは思いましたが、どうもあれだけでは」

「駄目かい」

「幕府の出費となると、工事の期間や費用についてもう少しはっきりしないと手が付けられません」

「期間や費用についての見積りはすでに作ってあるというんだ」

「どれくらいになると申しましたか」

「そこまでは聞いてないよ。詳しいことはお前さんと会って話すと言ってたがね」

「実は同様の願いは、去年の五月に韮山代官の三河口太忠《みかわぐちたちゅう》どのを通じて出されているんです」

「伊勢屋と秋広平六からかい」

「そうです。それが勘定所で却下されたものだから、こちらに持ち込んで来たのでしょう」

「さすがは商人だね。そんなことは一言も言わなかった」

「これだけの工事となると、安く見積もっても五千から六千両はかかるでしょう。今の幕府には出す余裕がありませんからね」

ここ数十年、幕府は慢性的な財政難におちいっていた。

それを乗り切るために田沼意次《たぬまおきつぐ》、松平定信《さだのぶ》が相次いで立ち、さまざまの策を講じたが、さしたる成果を上げられないまま幕閣を去っていた。

「もし出せる金があったとしても、幕閣での決定を得ることは出来ないでしょう」

幕府は松平定信が行った倹約政策を引き継いでいる。成功するかどうかも分からない工事に五千両もの金を投じることを、老中連中が承知するはずがない。

忠房は感情をまじえないおだやかな口調で事実だけを語った。

「そうかい。俺もそうだろうとは思ったんだが、何しろ寄場の方も困っているもんだから」

「ご心中はお察しします。こんなことをお話ししたのは、状況がどれほど厳しいかを分っていただくためなのですよ」

「いいんだよ。無理な頼みごとをした俺が悪かったんだ。もう忘れてくれ」

「幕府内にも難問が山積みしていましてね。とても新しい仕事に取り組む余裕はないのですが、このまま捨ててしまうには惜しいところがありまして」

「それじゃあ、忠さん」

「いくら長谷……、いや呑海どのの頼みでも、断わるためだけなら出て来ませんよ」

「なんだい。それならそうと言ってくれりゃあいいのに、忠さんも人が悪いな」

「ただし、今はここだけの話として聞いていただかなければ困ります」

「分ってるよ。で、どうだい。脈がありそうなのかい」

「実は昨夜も勘定方の者と検討してみたんですがね。五、六千両を投じても、港を作る価値はあるという見通しが立ちました」

「ほう、伊勢屋の狙いもまんざらではなかったわけだ」

「というのは、蝦夷地の開発問題があるからです」

「蝦夷地といえば、忠さんは以前ロシア人と交渉に行ったことがあったね」

「もう七年も前のことです。その後も蝦夷地ではめまぐるしい動きがありましてね」

寛政四年（一七九二）、ロシア使節ラクスマンが根室に来航し、日本との通商を求めた。

ラクスマンはロシアに漂着した大黒屋光太夫《だいこくやこうだゆう》らを江戸で幕府に引き渡し、通商を求めるロシア皇帝の国書と献上物を差し上げたいと申し出た。

これに対して幕府は江戸来航を拒否し、通商を求めるのであれば長崎に回航するように答えた。この時、石川忠房は幕府の使者として松前におもむき、ラクスマンとの交渉に当たった。

結局ラクスマンは通商交渉を断念して帰国したが、ロシアはその後も隙をみては蝦夷地に進出しようとした。幕府はこれに対抗するために、昨年四月、近藤重蔵《こんどうじゅうぞう》や最上徳内《もがみとくない》を含む百十数人の調査団を派遣していた。

「この調査によって、ロシアの脅威ばかりか、松前藩がアイヌ人に対してどれほどひどい虐待を加えているかも明らかになりました」

「ふむ。そのことなら俺も瓦版で読んだがね」

「そこで幕府はこの一月に蝦夷地の南半分を直轄地とし、老中の指揮のもとに経営に当たることにしたのです」

「忠さん、話の途中で済まないが、酒の用意が出来たようだ。つづきは飲みながらということでどうだい」

「ええ、構いませんよ」

忠房も嫌いではないらしい。童顔といった感じの残る顔をほころばせてそう答えた。

呑海が手を打つと、待ちかねていたようにお浜が酒を運んできた。

「おひとつ、どうぞ」

お浜は銚子を取って忠房に勧めた。

四十ばかりの小太りの女で、腕や指には赤ん坊のようにむっちりと肉がついていた。

「それで蝦夷地の経営はどうするんだい」

呑海がたずねた。

「これまで蝦夷地での商売は、松前藩の許可を得た商人が請け負っていました。彼らはアイヌ人の無知と人の良さにつけ込んで、さんざん暴利をむさぼっていたのです。そこでこの春からこれを廃し、幕府が直接交易することにしました。そのための会所を江戸に作る計画もあります」

伊豆七島の島方会所と同じように、蝦夷地の産物も会所を通じて売りさばこうというのだ。

伊豆大島に港を作って蝦夷地と江戸を結ぶ航路を短縮することは、会所の経営を軌道にのせるためにも必要だったのである。

「なるほどね。伊勢屋の狙いはそこにあったか」

呑海はしきりにうなずいた。

鉄之助は二人の話を聞きながら、手酌で飲んでいた。

「もしこの交易がうまくいけば、年間四、五万両の売り上げが見込まれます。もちろんその全部が江戸に運ばれるわけではありませんが、開港費用など一、二年内に回収出来るでしょう」

「じゃあ、秋広平六に会って話を聞いてくれるんだね」

「ですが、あくまで私的な用件ということでお願いします。後ほど日をお知らせしますから、屋敷に来て下さい」

「分った。これで肩の荷が下りたよ」

呑海は心から嬉しそうに盃《さかずき》を干した。

「ただし、これにはもうひとつ別の問題もあるのですよ」

忠房は話したものかどうか迷いながら、呑海の盃に酒を注いだ。まるで年の離れた兄に接するような態度だった。

「松前藩のことかい」

「蝦夷地の産物をひそかに江戸に持ち込んで暴利を得ている者がいるという噂はご存知でしょう。幕府の要職にある者が、その抜け荷にからんでいるようなのです」

「勘定方の中にかい」

「いえ、もっと上位に」

忠房はちらりとお浜を見た。

いかに呑海と親しい者とはいえ、このような話を聞かせることは出来ない。お浜もそれを察して席をはずそうとした。

その時、ガクンという衝撃とともに床が持ち上がった。わずかの間があって、激しい横揺れがきた。屋根も壁もみしみしと軋んで揺れ動いた。

「地震だ」

呑海が天井を見上げて言った。

お浜は頭を抱えて座り込んだ。忠房は逆に立ち上がった。

鉄之助の反応は異常だった。両手をだらりと垂らし、途方にくれたように立ち尽くした。その目は焦点が定まっていない。

「おい、鉄さん」

呑海は不吉な予感にかられて叫んだ。

その声が鉄之助には自分に迫る刺客の声に聞こえた。

目の前には火が燃えさかり、煙が充満している。その火炎地獄をくぐって、白刃をかざして襲いかかる刺客がいる。鉄之助は恐怖に目を見開いて身構えた。

地震は激しかった。茶簞笥がたおれ、なげしに掛けた絵が落ちた。柱は躍るように左右に揺れ、襖が今にもはずれそうだ。

「早く、外に」

忠房が鉄之助の腕をとって連れ出そうとした。

鉄之助は反射的にふりほどくと、忠房の襟首《えりくび》をつかんで抱え上げた。

「何をするか」

忠房が叫んだ瞬間、鉄之助の鉄拳が横面をとらえた。

忠房は一間ばかりも吹っ飛び、襖を突き破って土間に転げ落ちた。

「鉄さん。やめろ」

呑海が取り押さえようとした。

鉄之助は胸を目がけて蹴りを入れた。呑海は自ら土間に転がり落ちることでその一撃をかわした。

揺れはいつになく長く続いた。鉄之助の恐怖は頂点にたっしていた。火と煙と刺客は刻々と迫ってくる。鉄之助は行き場を閉ざされてあたりを見回した。

お浜は腰を抜かして立ち上がれないまま後退った。着物の裾が割れ、肉付きのいい太股がのぞいた。

鉄之助は力のない笑みを洩らすと、真っ直ぐに歩み寄った。

「な、何すんのさ」

お浜が叫んだ。

鉄之助は物も言わずにのしかかって着物の合わせを引き開けた。豊かな乳房が現われた。鉄之助はお浜を抱きしめると乳房の間に顔をうずめた。

「助けて、平《へい》さん」

お浜が金切り声を上げた。

土間から駆け上がった呑海は、鉄之助の二の腕をつかんだが、はっとして手を放した。

鉄之助はお浜の胸にしがみついたまま、苛められた子供のように震えていた。

第三章　伊豆大島

一

「薩摩守《さつまのかみ》、人の心とはつくづく不可思議なものだと思わぬか」

「誠に左様でございます」

「余は我が生涯を曇りのない目で評するつもりでこの書にかかった。人には誰でも己れの行いを正当化したいという欲がある。弱さや過ちから目をそらしていたいものじゃ。余はその欲をすべてはぎ取り、是は是、否は否として自分の生涯を記そうと思った」

「我々のような凡百の者には、及びもつかぬことでございます」

「ところが、それが出来ぬ。いかに正直になろうと努めても、何かが筆を鈍らせるのじゃ。この書はもちろん誰に見せるものでもない。書き終えれば厳重に封をし、披見を禁じておく。あるいは出来上がり次第焼き捨てても構わぬ。ただ心に棹《さお》を立てて生涯を探るためだけに記す。そう思うても、どうしても自分に贔屓目《ひいきめ》になる」

「なるほど。左様なものでございますか」

「幼時をふり返ってみよ。その方にも恥ずべき行いの一つや二つはあろう」

「それがしには心当たりがございませぬ」

「それは自我と鋭く向き合おうとせぬからじゃ。気をゆるめると人の心はすぐに都合の悪いことは忘れてしまう。体が傷口を埋めようとする働きと同じじゃ」

「それはそれで結構なことだと思われますが」

「体の場合ならそれも良かろう。だが心にそれを許しては、人はいつまでも同じ過ちから抜けられぬ。いや、人とは何者かということまで見失ってしまう。それでは牛や馬と変わらぬではないか」

「御前のご幼少の頃は、さほどに恥ずべき振舞いが多かったのでございますか」

「なにっ」

「こ、これはご無礼つかまつりました」

「言葉をつつしむがよい。余が己れを恥じるのは、常に高潔なるものを求めているからじゃ。そちのように日々安逸をむさぼっていれば、我が身を恥じることなどあるまいがの」

「恐れ入りましてございます」

「たとえば、七つの頃にこんなことがあった。余が書見をしておると、植木屋が来て庭木の手入れをしておった。植木屋はちょうど余と同じ年くらいの弟子を連れ、何くれとなく厳しく当たっていた。それは技を教え込むためではなく、気晴らしのために苛めているとしか見えなかった。昼になると植木屋はいなくなり、弟子だけが残った。しかもひどくしょんぼりとして庭石に腰を下ろしている。余は窓から手招きして、いかがいたしたと問うた。師匠は昼を食べに行ったが、自分はへまをして昼を抜かれたのだと相手は答えた。見ると手は傷だらけだ。余は気の毒になって饅頭《まんじゆう》をひとつやった。だが、後にこのことを父上に厳しくとがめられた。何故だか分るか」

「いえ、それがしには一向に」

「そうであろう。その時は余にも分らなかったが、数日の後に、父上のお考えがようやく分った。つまりいかに乱暴に見えたとはいえ、植木屋が食を禁じたのは弟子を鍛えるための方法だったのだ。余は情に負けてそれを邪魔したことになる。さらなる落度は、手ずから饅頭を渡したことだ。いかに幼くとも、身分の上下を無視してはならぬ。いや、幼いからこそ分明にいたさねばならぬのだ。たとえ渡すにしても、侍女を呼び下女に命じてするべきであった。あの時の軽率さを思うと、余は今でも我が身が恥じられてならぬ」

「栴檀《せんだん》は双葉より芳《かんば》しと申しますが、子供心にそこまでご思案なされるとは余人の及ばぬところでございます」

「ところで、薩摩守。近頃はどうじゃ。何か変わったことはないか」

「はい。お蔭さまで家中息災に過ごしております」

「この間の一件はどうした。無事に始末がついたか」

「下田の一件でございましょうか」

「そうじゃ」

「白井屋に内々に取り計らうように申し付けてございます」

「よもや露見することはあるまいな」

「白井屋の力をもってすれば、案ずることはないと存じます」

「浦賀奉行は、昨年代わったばかりだったな」

「ただ今、秋元隼人が任に当たっております」

「手は打ってあるのだろうな」

「ご安心下されませ」

「余の与《あずか》り知らぬこととはいえ、この一件が表沙汰となれば幕府にも大きな痛手となる。まして今は北方問題に対する世の関心が集まっている折じゃ。くれぐれも慎重に対処いたせ」

「心得てございます」

「では、下がってよい。その方もいつまでも安逸にうつつをぬかさず、静かに己れをかえりみるがよかろう」

「ははっ」

「それにしても己れの心の奥底を窮めるとは、なんとも難しいことよのう」

二

下田の御用所を出てからずっと黙り通しだった横溝市五郎が、外浦に着くとたまりかねたように口を開いた。

「やはり、どうあっても行かねばならぬのか」

「そうです」

英一郎は短く答えた。

考えに考えた末、市五郎の反対をおし切って伊豆大島に渡ることにしたのだ。

「源太が助けた男に入墨があったからといって、伊豆大島にいるとは限るまい」

「たとえ今はいなくても、一度は流罪になっている男です。島役所に何らかの記録が残されているでしょう」

「ならば島役人に照会すれば済むではないか」

「それでは暇がかかり過ぎます」

島役人に照会するには、浦賀奉行所を通じて韮山代官所に依頼するという手続きをふむ。早くても一月は待たなければならなかった。

「しかし、これまで伊豆大島まで探索に出向いた例はないのだ」

「下田沖を通過する船に関する探索は浦方御用所の務めです。伊豆大島に渡っても不都合はないはずです」

「それは、その通りだが」

市五郎は仕方なさそうに口をつぐんだ。

昨日も同じような口論をしたが、市五郎は英一郎の理詰めの弁舌にねじ伏せられたのだ。

「横溝どのは、悔しくはないのですか」

調査すると約束して十日がたつというのに、白井屋からは何の返答もなかった。たまりかねて店を訪ねても会おうともしない。代わりに出た番頭を問い詰めると、江戸に使いをやった時には天竜丸は奥州へ向けて出港した後だったのでもうしばらく待ってほしいと言うばかりだった。

もうしばらくとは何月何日までのことかと詰め寄ると、船は風向きや日和によって航海の予定が変わるので正確なことは分らないが、奥州の出店にも連絡してあるので、一月くらいで返事が届くだろうと言う。

まるで人を小馬鹿にしたような応対だった。

「しかも白井屋は浦賀奉行とのつながりをほのめかして、我々におどしをかけたではありませんか」

積荷を確認しに行った時、白井屋は浦賀奉行が英一郎を誉めていたと言った。あれは出世したければ出しゃばるなという意味だったのだ。

「それほど深い意味があったとは思えぬが」

「いいえ。そうでなければあんな時に口にするはずがありません」

一日も早く奉行所に戻りたいと思っているだけに、英一郎は白井屋の言葉の裏を敏感に察したのだった。

外浦の港には柱や板を積んだ船が泊っていた。杉や檜《ひのき》の良材が得られない伊豆大島では、建築用の木材を南伊豆から買っていた。

それを運ぶ船に英一郎は便乗させてもらうことにした。

「三、四日で戻ります。留守中よろしくお願いします」

丸太で組まれた桟橋の前で立ち止まると、英一郎は深々と頭を下げた。

「伊豆大島には下田とはちがったしきたりや風習がある。あまり無理をして敵を作らぬようにな」

「分りました」

「それから島役人の村上どのは、とかく良からぬ噂のある御仁じゃ。くれぐれも心を許してはならぬ」

市五郎がくどいほどに念を押した。

それが好意からの忠告なのか、何か思惑があってのことなのか、英一郎には分らなかった。

板を渡って船に乗り込むと、船頭が待ちかねたように艫綱を解いた。

両側の櫓棚《ろだな》に立った四人の水夫が櫓をこいだ。船はゆっくりと港を離れていく。岸では市五郎が立ち尽くしたままいつまでも見送っていた。

外海に出ると帆を上げた。

空は晴れ渡り、海はべた凪である。南西からの風がかすかに吹いている。帆はその風をすくってわずかにふくらんでいる。

「この風じゃ、二刻（四時間）はかかりますなあ」

船頭がどうにも仕様がないというのんびりした口調で言った。

英一郎は船首に立ち、緑色の皿を伏せたような伊豆大島を見つめていた。

源太が助けた男があの島に逃げ込んでいるのなら、すべては一挙に解決する。

喉を切られた死体の身元も、何故殺されたかも、松前藩の荷を積んでいたのがどの船だったかも、男の口から明らかになる。

（だが、それが果たして自分のためだろうか）

そんな疑問が胸をかすめた。

もし白井屋が浦賀奉行と通じているのなら、真相をつきとめることはかえって我が身を危うくする。だがそうでなければ、この事件を解決することによって間違いなく抜擢される。生涯に一度あるかないかの好機なのだ。

ふと父のことを思った。父も南町奉行所の同心だったが、英一郎が五歳のときに割腹して果てた。上役の不正をあばこうとして窮地に追い込まれ、詰め腹を切らされたという。

英一郎は幼い頃から母にその話を聞かされて育った。なりふり構わず出世しようとするのも、非業の最期をとげた父の無念を晴らしたい一念からだ。

遠くに浮かぶ伊豆大島は、両手ですくい取れそうなほどに小さかった。三原山の稜線はなだらかで、島全体が新緑に包まれてひっそりと息づいている。

かすかに煙をあげている山頂から、黒っぽい線がひと筋つづいているのは、登山のための林道だろう。波間にかき消されそうに並んでいる集落が新島村だ。

英一郎はなんとなく拍子抜けがした。

全島民あわせても二千数百人しかいない。そんな小さな島で流人上がりの水夫一人を捜し出すことなど、たやすいように思えた。

船が新島村の港に入ったのは八ツ半（午後三時）頃だった。

船着場を出た所には四軒の船宿があり、桟橋を出た途端にあばた面の四十ばかりの男に呼び止められた。

「旦那、今夜の宿はお決まりでしょうか」

「いや、まだだ」

「では、ぜひ淡路屋に」

「先を急いでおる。島役所はここを右に行った所だな」

「へえ、ほんの一町ばかりでございます。御用向きのお越しでございますか」

愛想笑いをしていた男の顔に、警戒の色が走った。

「村上どのに用があってな。後ほど世話になる」

英一郎はそう言って島役所へ急いだ。

五十歩ばかり歩くと、後を尾《つ》けられている気がしてふり返った。あばた面の男は四、五人の男と立ち話をしていたが、英一郎と目が合うとあわてて持場に戻った。

島役所はすぐに分ったが、村上伝八は留守だった。

「あいにく、今朝から急用が出来たとかで」

胡麻塩頭の小間使いの老人が言った。

曲がった背中をいっそう丸めてしきりに頭を下げているが、その口調は投げやりで横柄なものだった。

「今日訪ねることは知らせてあったはずじゃ」

「はあ、確かにそうおおせでしたが、何しろ御用向きの急用でございまして、はあ、くれぐれもお詫びするようにとのお申し付けでございました」

「いつ戻られるのだ」

「それが何しろ鉄砲玉のようなお方でして、はあ、一度出られると、いつになることやら」

「行先も分らぬのか」

英一郎は次第に苛立ってきた。

三日前に出した文で訪問の日時と目的を記し、協力を求めている。島につけば万全の準備を整えて待っているものと思い込んでいた。

「分らぬのでございますよ。はあ、わっしには教えてもらえないのでございます」

「行先も知らぬようでは留守番も務まるまい」

「務まりますとも。この島はのんびりとしておりまして、村上さまの行先を訊《たず》ねるような方がいないのでございますよ。それに、はあ、以前わっしがとんでもねえへまをやらかしたもので、それ以来行先を教えて下さらないのでございます。そのへまというのが……、はあ、これがらみのことで、えっへっへ」

老人は得意気に笑って、骨張った浅黒い小指を立てた。

「船宿の者が何やら落ち着かぬ様子だったが、変わったことでもあったのか」

へまの話にかかろうとする老人をさえぎってたずねた。

「何も変わったことなど。はあ、島は昔のまんまでござります」

「邪魔したな。また明日訪ねると伝えてくれ」

「今夜はどちらにお泊りで」

老人は立ち去ろうとした英一郎を引き止めてたずねた。

「淡路屋になろう」

「はあ、これから参られるというわけで」

妙に押しの強いたずね方だ。この年寄りはとぼけたふりをして自分の動きをさぐっているのではないか。英一郎はふとそう思った。

「村上さまが行先を聞いておくように申されましてな。はあ、戻り次第お伺いするからと」

「しばらく海辺を散歩していくつもりだ」

英一郎は嘘をついた。すぐに大島屋をたずねるつもりだったが、伏せておいたほうがいいような気がした。

大島屋は港の北のはずれにあった。周囲に白塗りの土塀をめぐらした百坪ほどの土地に、店と主屋と倉が立っている。島一番の廻船問屋にしては質素な屋敷だった。

店の玄関先に立った英一郎は、一瞬入るのをためらった。村上と打ち合わせてから会ったほうがいい。そう思って引き返そうとした時、背後の物陰にあわてて身をひそめた者がいた。

正体は分からない。だが島に着いてからずっと見張られているのは間違いなかった。

「あら、何かご用でしょうか」

背後で軽やかな声がした。

かすりの小袖を着て朱色の風呂敷包みを抱えた女が、切れ長の目を見開いて立っていた。

すらりと背の伸びた小粋《こいき》な女で、腰から股にかけてのしなやかな線が目を引いた。

「狩野英一郎という者だが、ご主人にお目にかかりたい」

「あの人は留守ですよ」

「では番頭か手代でも構わぬ」

「気の毒だけど、みんな出払っています」

「そなたは」

「何に見えます。当ててごらんなさい」

女はからかうように品を作った。腰の線がいっそうくっきりと浮き上がった。

「さあ、分らんな」

年の頃は二十七、八だろう。島の娘にしては垢抜《あかぬ》けている。船宿に出稼ぎに来る遊女にしては擦《す》れていなかった。

「あなたは下田のお役人でしょう」

「どうして、それを」

「主人の庄右衛門が、下田から役人が来るが余計なことはしゃべるなと言ってたもの」

「では、そなたは」

「女房のお玉といいます。もうじきみんな戻ると思うから、中でお待ちになったら」

店には八畳ほどの土間と、四つの文机を並べた十畳ばかりの板の間があった。文机の上には何冊もの帳簿が重ねてあり、算盤《そろばん》や硯箱《すずりばこ》が置き放しにしてあった。中には開かれたままの帳簿もあった。

「何かあったらしいな」

「主人も番頭さんもいないもんだから、勝手に出て行ったんですよ。誰だかを捕まえるとか言って」

「捕まえる」

「若い衆の悪ふざけですよ。この島には他に何の楽しみもないものだから、時々馬鹿みたいな悪ふざけをするの」

「隠さなければならないことでもあるのか」

「どうして」

「さっき余計なことはしゃべるなと」

「そんなことなら山ほどありますよ。狭い島で村ごとにいがみ合って生きてるんだもの。その上に流人がいますからね。いつも争いごとが絶えなくて、時には寄ってたかって人を殺すなんてこともあるんですって。まったくうんざりしてしまう」

半刻ばかり待ってみたが、誰も帰ってこなかった。表は次第に薄暗くなっていく。

英一郎は出直すことにした。

「島にはいつまでいるんですか」

「さあ、二、三日かな」

「また来て下さいね。毎日毎日同じことばかりで退屈なんだもの」

英一郎は妙になまめかしいお玉の視線に送られながら店を出た。

淡路屋に行くと、呼び込みをしていたあばた面の男が腰を低くして迎えた。

「さきほど村上さまがお見えになりまして、お言付けがございました。今日は留守をして失礼した。明朝島役所に来ていただきたいとのことでございます」

「分った。そうしよう」

「この島は初めてでございますか」

「ああ」

「御用向きのことと伺いましたが、何か探索でも」

「たいした事ではない。部屋は二階だな」

英一郎は刀を鞘《さや》ごと抜いて左手に持つと、わらじをぬいで上がり框《がまち》を踏んだ。

「あの、お酒はいかがでしょう。年頃の酌婦もおりますが」

「いらん。すぐに食事にしてくれ」

英一郎はそう吐き捨てて階段を登った。

夜は早めに床についた。慣れない船旅と知らない土地に来た緊張に疲れきっていた。

（この島には何かがある。何かを隠している）

そんなことを考えているうちに、いつの間にか寝入っていた。

どれほど時間がたったのだろう。表がざわめく気配に目をさました。部屋の隅に立ててある行灯を吹き消し、雨戸を細めに開けて外をのぞいた。

薄い雲に隠れた月が、ぼんやりとあたりを照らしている。目の前には三原山が黒い影となってそびえている。村はひっそりと寝静まり、道には人影もない。浜に打ち寄せる波の音だけが規則正しく続いている。

(気のせいか)

そう思って雨戸を閉めようとした時、遠くでけたたましい女の悲鳴が上がった。激しく抵抗するらしい叫び声と、戸板を突き倒すような音がした。

英一郎は身を乗り出した。

島役所の方から髪をふり乱した若い女が駆けて来た。裸足である。小袖の胸がはだけ、裾は帯のあたりから大きく割れている。女のあとから五、六人の若者が無言のまま追った。

道の両側には何軒もの家があったが、誰も助けようとしない。女も助けを求めても無駄なことを知り尽くしているように、一散に駆けていく。

あっという間の出来事である。英一郎が悪い夢でも見たように茫然としていると、再び長い悲鳴が上がった。

許しを乞う叫びと男たちののしる声がつづけざまに聞こえたが、やがてそれも消え、あたりは何ごともなかったような静けさと深い闇に包まれた。

三

英一郎を乗せた船が港に着いたのを見届けた大島屋庄右衛門は、親戚の家に行くと言って家を出た。

幸い番頭の庄助は留守だった。庄右衛門は一升徳利を下げて裏口から抜け出すと、あたりに気を配りながら泉浜《いずみはま》へつづく道を急いだ。

半里（約二キロ）ほど歩いた所で立ち止まり、首をねじって後ろを振り返った。人影はない。両側にびっしりと椿が植え込まれた道には、半月前の嵐で吹き落とされた花が茶色の染みのように点々とつづいていた。

庄右衛門は傍らの石に腰を下ろすと、首をゆっくりもみほぐした。後ろから首を絞められた衝撃で、首筋が寝ちがえた時のように痛むのだ。

（早くあの男の始末をつけなければ）

庄右衛門は足元まで火が迫っているような焦燥にかられたが、自分一人ではどうしていいか分らなかった。

男は明神丸の弥助といった。嵐の海を生き抜いた弥助は、殺された仲間の復讐をするために島に渡ってきたのだ。

だが庄右衛門は裁っ着け袴の殺し屋のことなど聞いたこともない。逆に明神丸で何が起こったのかと問《と》い質《ただ》すと、弥助は何かに思い当たったように考え込み、この島を無事に出るまでは何ひとつ話さないと言った。

やむなく船の手はずがつくまで、長根岬《ながねさき》の岩窟に弥助をかくまったのだ。

しばらく待って後を尾ける者がいないことを確かめると、庄右衛門は椿の林を抜けて脇道に入り、天神原《てんじんばら》へ引き返した。

天神原の先に桟橋のように細長く突き出しているのが長根岬である。岬の先端には波の浸食で岩が抉《えぐ》り取られて出来た岩窟があった。

入口が狭く奥行きが深いために、波が入り込むこともない。しかも奥には二畳ほどの平たい岩があり、手足を伸ばして横になることが出来た。

その岩窟に庄右衛門は恐る恐る入っていった。

絞め殺されようとした時の恐ろしさが、脳裏にこびりついて離れない。体がすくんでいるために、湿った岩に足を滑らせて危うく海に転げ落ちそうになった。

「船の支度は出来たか」

奥の暗がりから声がした。

その声は岩窟にはね返って不気味に響いた。

「明日岡田から江戸に向かう船が出る。それに乗せてもらうことにした」

目が暗さになれると、弥助の姿がはっきりと見えた。

弥助は岸壁によりかかって海老を食べていた。長さ四寸ばかりの海老を生のままかじっている。背中の殻を割られた海老が、弥助の手の中でもぞもぞと足を動かしていた。

「酒は持って来ただろうな」

「持ってきた」

徳利を差し出すと、弥助はひったくってらっぱ飲みに飲んだ。口の端から酒がこぼれ、黒々と伸びた髭《ひげ》をぬらした。

「海老はうめえが塩辛くてな。喉が渇いていけねえ」

弥助はようやく人心地がついたように長い息をついた。

「約束は守った。そっちも明神丸で何があったか話してくれ」

「確実に船に乗れるまで話さねえ。それにもう二十両だ」

「この間二十両渡したじゃないか」

「もう二十両だよ。俺は殺されかけたんだ」

「だから、あれは私の知らないことだと言っただろう」

「同じことだ。あんたの番頭がやったんだからな」

「やはり庄助なんだな」

「老舗の馬鹿旦那には困ったもんだ。番頭が何をしているかも知らねえんだからな」

「金は払う。だから何をしていたのか教えてくれ」

「明日、船に乗る前に話す。ところで今朝、まずいことがあった」

「まずいこと」

「喉が渇いたんで、水を捜しに行ったんだ。薄暗い頃で誰もいないと思ったが」

「見られたのか」

「十五、六の尼っ子が水を集めに来ていた。あれは流人の娘だろうな」

伊豆大島には川がない。井戸でも良水が得られない。そのために木の根方に甕《かめ》を置き、雨水を溜めて飲み水としていた。その水を集めるのは流人の家の子供たちの仕事だった。

「ここも、この岩窟も知られたのか」

「いや、天神原の藪《やぶ》の中だ」

以前伊豆大島に流罪になったことのある弥助は、このあたりの地理に詳しかった。

「それなら大丈夫だ。明日までにここが見つかることはないだろう」

「口を封じておかなくていいのか」

「下田から御用所の同心が来ている。妙な真似は出来ん」

「下田から……。いつ」

弥助は食べかけの海老をぽろりと落とした。

「さっきだ。さっきの船で着いた」

「あの野郎、しゃべりやがったな。おい、明日の船に間違いねえだろうな」

「八ツ（午後二時）に岡田を出港する。九ツ（正午）にここを出れば大丈夫だ」

「じゃあ、それまでに二十両持って来い。言っとくが妙なことを考えるなよ。事がおおやけになりゃ、お前の首は間違いなく飛ぶぞ」

弥助はあたりの空気をびりびり震わすほどの剣幕で言うと、徳利の酒をあおった。

翌朝、庄右衛門は朝から落ち着かなかった。

遅くとも四ツ（午前十時）までには二十両を持って岩窟に行かなければならないが、三日前に二十両渡したばかりで金がない。店の引き出しから持ち出すしかなかったが、庄助がいるので取りに行く決心がつかなかった。

時間はどんどん過ぎていく。庄右衛門は手を組んだり、目頭を押さえたり、用もないのに立ったり座ったりした。

「昨日下田のお役人が来ましたよ」

遅起きのお玉がおくれ毛を直しながら入ってきた。赤い長襦袢《ながじゅばん》の胸元がだらしなく開き、豊かな胸元がのぞいていた。

「そうか。何と言ってた」

「また出直すって。きりりとしたいい男だったわ」

お玉は茶屋勤めをしていた頃のような蓮っ葉な言い方をした。

「若いのか」

「二十七、八というとこかしら。あんまり粗末にすると浮気しますからね」

「そうだ。浅草なら行っておいで。すぐ金の用意をするから」

「本当」

「ああ。二十両ばかりでいいだろう。そのかわり庄助に聞かれたら、そう言っとくれよ。私が使い込んだと思われちゃ具合が悪いから」

「鬼より怖い番頭さんだものね」

お玉はそう言って庄右衛門に抱き付くと、上機嫌で出て行った。

すでに五ツ半（午前九時）を過ぎていた。庄右衛門は口の中で言い訳のおさらいをして店に出た。

店では庄助が手代の一人を厳しく叱りつけていた。帳簿の間違いをしていたらしい。他の四人も神妙な顔でうつむいていた。

長い間店の仕事から遠ざかっている庄右衛門は、第一線の厳しさに威圧され、身の置き所がないような頼りなさを覚えた。

「何かご用でしょうか」

庄助は庄右衛門に気付くと急にやさしい口調になった。

「とり込み中すまないが、ちょっと頼みがあるんだ」

「何でしょう」

「に、二十両ばかり、都合してくれないか」

「いいですよ」

庄助は手文庫から金を取り出すと、理由もたずねずに手渡した。

「お玉が浅草に行くと言い張るものだから、とうとう根負けしてね。忙しいところを邪魔したね」

庄右衛門は考えぬいた言い訳をしながら、ちらりと手文庫に目をやった。五百両ちかい小判がぎっしりと詰まっていた。

(商売はうまくいっているようだ)

そう思って奥へ引っ込もうとした時、

「ご免」

大きな声がして、島役人の村上伝八が入ってきた。その後ろに背のすらりと高い、端正な顔立ちをした武士が立っていた。

それが下田から来た同心だということはすぐに分った。

「浦方御用所の狩野どのだ。御用の筋で話を聞きたいと申されるのでお連れした」

「左様でございますか。あいにくこれから出かける用がございまして、ゆっくりお相手するわけには参りませんが」

「二、三お訊ねしたいことがあるばかりです。お手間は取らせません」

英一郎は押し付けるような口調で言った。

「そうですか。では、奥へお回り下さい」

庄右衛門は庄助をちらりと見た。庄助は文机にきちんと座ったまま、いつもと変わらぬ律義な顔で算盤をはじいていた。

庄右衛門は二十両を仕舞ってから客間に行った。英一郎は几帳面に正座し、伝八はあぐらをかいていた。

「さきほども申しました通り、あまり時間がございません。なるべく手短にお願いします」

「仕事もしていないお前が、何の用だ」

伝八が切り付けるように言った。

英一郎に自分の力を見せつけるための横柄な態度だった。

「村上さまもご存知のように、商家というものにはいろいろと雑用がございまして

「……。何でございましょう。仕事向きのお訊ねでしたら、番頭がお伺いいたしますが」

「伊豆大島には廻船問屋は十軒と伺いましたが」

英一郎が矢立てと薄い帳面を取り出してたずねた。

「はい。新島村に八軒、岡田村に二軒でございます」

「持船は」

「あわせて二十三隻でございます」

「その中に流人を水夫として使っている船はありますか」

「とんでもない。伊豆大島では三年前に流人の制度が廃止されております。それ以前にも逃亡のおそれがあるために船には乗せませんでした。それは村上さまもご承知でございます」

「その通りじゃ。流人を船に乗せることなど、このわしが許しておらん」

「二月二十二日の嵐の翌日、船の積荷と共に漂流していた所を助けられた者がいます。その男の腕にこの島に流されたことを証す入墨があったのです」

「だからそれは源太とかいう男の見間違いと申したではないか。腕の入墨は何もこの島の流人に限ったことではないのだ」

伝八が口をはさんだが、英一郎は取り合わなかった。

この男が口先だけの空威張りだということは、朝から一刻ばかり話すうちに飲み込んでいた。

「もし、その男が伊豆大島の流人だったとしますと、考えられることはひとつしかありません」

庄右衛門の脳裏に海老をむさぼり食っていた弥助の姿がよぎった。その左腕には確かに入墨があった。

「それはこの島に流罪になった者が、許されて島を出た後に水夫として雇われた場合です」

「そんなことがあるのですか」

「流人が赦免された例は数多くありますが、特に流人の制度が廃止された寛政八年（一七九六）には、何人もの流人が島を出ました」

弥助がそのうちの一人であったことは間違いない。だが、どういうつながりで明神丸に乗ることになったかは、庄右衛門にも分らなかった。

「島を出た者の記録はありますか」

英一郎が伝八にたずねた。

「もちろんじゃ。お望みなら流人人別帳を当たられるがよい」

「この間の嵐の日に、こちらの船も沈んだそうですね」

「連絡を絶ったままですが、沈んだとは限りません。一月も漂流した後に戻って来た例もございますから」

「明神丸というそうですが、二十二日の夕方に下田を出港していますね」

「まったく無茶なことをしてくれたものです」

「下田ではよく見かけたようですが」

「米や酒の買い付けに出向くことがありますから」

庄右衛門は次第に落ち着きを失ってきた。今にも抜け荷の証拠を突き付けられそうな気がした。

「あの、誠に申し訳ありませんが、そろそろ行かなければなりません。商いのことは私より番頭の方が承知しておりますので」

庄右衛門は汗をふいて立ち上がった。

「では、もうひとつだけ」

「何でしょう」

「昨夜、若い女の悲鳴を聞きませんでしたか」

英一郎は庄右衛門の反応を見極めるような目を向けた。

「いいえ。いつですか」

「はっきりとはしないのですが、九ツ（午前零時）過ぎだったと思います」

「知りません。昨夜は朝までぐっすりと眠っていましたから」

それは嘘ではなかった。不安に寝付けないまま寝酒を過ごしたために、朝まで一度も目を醒まさなかったのである。

客間を出た庄右衛門は、庄助に英一郎の相手をするように申し付けると、虎口を脱した思いで長根岬に向かった。

庄助がどんな悪事に手を染めていようと、自分でたくらんだことなら言い逃れる用意もしているだろう。それにあの二人が店で顔を突き合わせている限り、後を尾けられる心配はない。

そう考えながら小走りに急いだ。すでに四ツ（午前十時）を過ぎている。もし船に遅れたらと思うと鳥肌が立った。

長根岬の突端まで来ると、岩窟の入口から声をかけた。中に入っていく勇気がなかった。何度か声をかけたが応答がない。やむなく奥へ進んだ。

「弥助、迎えに来たぞ。いないのか」

猫なで声で言ってみたが、岩窟に自分の声が反響するばかりだった。

目が暗さになれると、奥の方にうずくまっている弥助の姿が見えた。

「なんだ。寝ているのか」

ほっとして近寄ったが、弥助はぴくりとも動かない。身を乗り出して覗《のぞ》き込んだ庄右衛門は、悲鳴をあげて尻餅をついた。

毒を飲まされたのだろう。弥助は目をかっと見開き、青黒い血を吐いて息絶えていた。

四

人足寄場の東隣の屋敷跡に百人ばかりが集まっていた。

遠巻きにした輪の中には、試し斬りのための巻き藁が五本立てられている。裁っ着け袴をはき、たすきで袖を押さえた岡鉄之助は、ゆっくりとその前に進み出た。巻き藁から二間ばかり離れた所には、元締役の田口平吉と寄場役人三人が床几《しょうぎ》に座って検分に当たっていた。

「鉄さん、これを使いな」

呑海が刀を差し出した。なめし皮で柄を巻いた三尺ばかりの厚刃の刀だった。

「俺のお古だが、弘法は筆を選ばずというだろう」

そう言ってにっこりと笑った。

「お借りします」

鉄之助は無雑作に受け取って腰に差した。三尺の大刀も鉄之助が差すと脇差のように見えた。

「出家の身には無用の代物だ。叩き折っても構わねえよ」

武士の魂を汚されたように感じたのか、役人たちがそろって嫌な顔をした。

「では、始めるがよい」

平吉が冷やかに言った。

鉄之助は刀をすらりと抜いて八双に構えた。なめし皮が手に吸い付くようだ。剣を肩先まで引き寄せ両の手首をやや外側にねじると、大きく息を吸った。巻き藁は左に二本、右に三本。二間ほどの間隔で立てられている。

鉄之助はふっと息を止めて気を集中した。

体の奥深いところから、何かが凶暴な力でせりあがってくる。その高ぶりが全身を満たした瞬間、左の列の巻き藁を袈裟《けさ》がけに斬り、後ろの一本を下段から斬り上げた。

と同時に、高々と跳躍すると右の列の真ん中の一本を斜めに斬り、着地と同時に手前の一本を抜き胴で払った。その間、一度も息をついていない。切り口に少しの乱れもなかった。

集まった人足たちから驚きと賞讃の声が上がった。

「どうした。あと一本残っておるぞ」

平吉が不快そうに吐き捨てた。

「これが斬り合いなら、あの男は逃げているよ」

呑海が脇から言った。

数の少ない左側の敵を倒し、相手の意表をついて右側の中の男を斬り、体の向きに応じてもう一方の敵を倒す。実戦で鍛え上げた喧嘩殺法だ。

「私が危ぶんでおるのもそこです。このような男に剣を持つことを許して、喧嘩沙汰でも起こされたらどうしますか」

管理責任を追及され、切腹はまぬがれない。鉄之助に帯刀を許してほしいという呑海の頼みに、平吉が二の足を踏んでいるのはそのためだった。

「しかし、丸腰のままじゃ用心棒は務まらねえだろう」

呑海は秋広平六の護衛のためにどうしても鉄之助に剣を持たせたかった。石川忠房の話から、平六の身に大きな危険が迫っていることを感じたからだ。

「この男のは剣じゃない。野獣の牙です」

「最後の一本を残しているだろう。抵抗もしない者を斬るようなことはしないよ」

「しかし、この男は強過ぎます。何かの拍子に暴れだしたら手に負えません」

呑海は言葉に詰まった。

地震のときの「浜風」での暴れっぷりを知っているだけに、その不安がないとはいえない。しかも鉄之助は、自分が何をしたかも覚えていなかったのである。

「もしそうなったら、鉄砲でもなければ止められませんよ」

人足たちからどっと笑い声が上がった。平吉が真剣になればなるほど鉄之助の強さが際立ち、滑稽味が増してくるのだ。

「鉄砲が間に合わなけりゃ、俺がなんとかするよ」

呑海が言うと、再び爆笑が起こった。

「それを保証していただけるなら、寄場を出る時に限って帯刀を許しましょう」

「仕方がねえ。ちょっと立ち合ってみるか」

呑海は丸腰のままゆっくりと進み出た。

「では、これを」

若い役人が二本の木刀を差し出した。

「俺は出家だ。こいつでいい」

呑海が懐から扇子を取り出し、ひらひらとあおいだ。

鉄之助は木刀を取ったが、丸腰の相手に打ちかかる気はなかった。

「遠慮はいらねえよ。疾風組だと思って打ち込んでくれ」

呑海は扇子を閉じると、両手をだらりと下げた。地蔵のようにつっ立ったままだが、その体からは人を圧するほどの気が発していた。

その闘気が鉄之助の野性を駆り立てた。勝ちたいという本能がふつふつと湧き上がり、歓喜となって体を貫いた。

呑海は誘うように一歩踏み出した。

鉄之助は鋭い気合いとともに高々と飛び、八双に構えた木刀を振り下ろした。巻き藁を両断した鋭い斬撃である。

だが呑海は半歩下がっただけで切っ先をかわし、右の小手をしたたかに打った。

鉄之助はたまらず木刀を取り落とした。

あたりは静まりかえったままだった。誰もが息を呑んで言葉を失っていた。平吉は床几から腰を浮かし、口を半開きにしていた。

鉄之助は地に落ちた木刀を茫然と見つめた。いつ打たれたのかも分らなかった。

「強さと速さは申し分ないが、動きに無駄があるんだなあ」

呑海はいつものおだやかな顔に戻ると、そう言って扇子を仕舞った。

翌日、秋広平六が寄場にやって来た。

呑海が勘定奉行との面会の日まで寄場で暮らすように勧めたからだ。

平六は役所で寝泊りするようにという申し出を断わり、鉄之助と同じ二番部屋に入った。人足たちとも気さくに話し、進んで仕事を手伝った。

その手際が見事だった。

人足たちは倒壊した二番部屋の再築に従事していたが、それぞれが勝手に持場につくので、なかなか思うように仕事が進まなかった。それを見た平六は、仕事の工程をいくつかに分けて希望する者に割り振った。

板や柱を切る者、運ぶ者、床を張る者、屋根に板を打ち付ける者……。二人一組になった者たちを各工程に配し、他の組と競争しながら仕事を進めるように仕向けた。

最初は何を生意気なという目で見ていた人足たちも、平六の話術につり込まれ、理にかなった話を聞かされるうちに、試してみる気になった。

試してみると、実にうまく仕事が進む。わずか半日のうちに平六は皆の信頼を勝ち取り、棟梁《とうりょう》のように頼られるようになった。

夕食がすんだ後、鉄之助は二番部屋のまえにたたずんでいた平六に声をかけた。

「こんなに早く進むとは思いませんでした。大した手際ですね」

「みんなが協力してくれたからです」

平六は壁板の打ちつけ具合を確かめながら照れたように笑った。

「納得しなければ、みんなも協力しませんよ」

「人が困っているのを見ると、こうすればもっと良くなるのにと思うんです。そう思うと口を出さずにはいられなくなる。それが自分でも面白くて仕方がないんですよ」

「面白い」

「ええ。人が力を合わせて何かを成し遂げていくのを見るのが面白くて仕方がありません。だから頼まれもしないのに世話を焼くんだと思います」

「分らないな」

長い間一人で生きてきた鉄之助には、皆で力を合わせて何かを成すという経験がなかった。

「私は上総《かずさ》の市宿《いちじゅく》の生まれでしてね。近くに小糸《こいと》川が流れていました。この川で筏《いかだ》流しをするのです。近くの山から材木を切り出し、筏に組んで海まで流します。あんなに川が浅いのに、どうして筏を流せるのだろうと思う人が多いようですが、市宿では昔から特別な工夫をしているのですよ。どうしているか分りますか」

平六の口調は次第に生き生きとしてきた。知っていることを人に教える子供のように得意気で無邪気だった。

「さあ、分りません」

「川に堰《せき》を作って水を溜めるのですよ。水が一杯になった時に筏を浮かべて堰を切ります。すると筏は一気に下流まで流れていくのです。私は子供の頃、飽かずにそれを眺めていました。堰を切った瞬間にどっと水が流れ下るのを見ると、嬉しくて体がぞくぞくしたものですよ。あんなことはみんなが力を合わせるから出来ることなんです」

鉄之助にもその光景を想像することが出来た。せき止められた水が奔流となってほとばしる時の爽快さ。筏が連なって流れていく見事さ。その光景を幼い日の平六は息を詰めて見守っていたにちがいなかった。

「鉄之助さんは夢を持っていますか」

「夢ですか」

鉄之助は当惑した。そんなことなど考えてみたこともなかった。

「私は無人島に渡って住みたいと思っています。気の合った者を引き連れて、少しずつ住みやすい島に変えていくのですよ。誰の手も付けられていない未開の土地を、自分たちの力と工夫で切り拓《ひら》くのです」

「そんな島がありますか」

「あります。私は六年前に幕府のお役人の案内をして、八丈島に渡ったことがあります。その時島の者からもっと南に無人島があると聞いたのですよ。今度八丈に渡った時には、ぜひ行ってみるつもりです」

「波浮に港を開くのは、そのためですか」

「いいえ。それとこれとはちがいます。あの入江を港として使わないのはあまりにもったいないと思ったからです。入口さえ掘れば天然の良港になるんですから、伊豆大島のためにも沖を通る船のためにもなります。もちろん商人ですから、私共も少しは儲けさせていただかなければなりませんが」

　平六は罪でも告白するようにそう付け足した。

　石川忠房から屋敷に来るようにという連絡があったのは、平六が寄場に来て四日目のことだった。寄場を出たところを襲われる危険があるので、直前まで予定を伏せ、呑海あての文で知らせてきた。

平六も急な呼び出しにそなえて万全の支度を整えていた。羽織、袴に着替えると、波浮の港の見取り図と工事の見積り書を入れた小箱を風呂敷に包んだ。

鉄之助も裁っ着け袴をはき、呑海の刀を腰にたばさんだ。

「持ちましょうか」

鉄之助が手を差し出した。

「いえ、大事なものだから自分で持ちます」

平六は包みをしっかりと脇に抱え込んだ。

「さあ、行こうか。船を出してくれるように頼んできたから」

驚いたことに呑海までが羽織、袴を着込んでいた。

「何しろ勘定奉行の屋敷だからね。『浜風』で会うようなわけにはいかんさ」

呑海が照れたように笑った。

「あの、お頭」

出かけようとした時、ためらいがちに声をかけた者があった。

五番部屋の六蔵である。

「六さんか。何の用だい」

「実は、その……」

思い切って言い出せないらしく、足元を見つめながら身をよじった。

「急ぎの用があってね。なんなら後にしてくれないか」

「話は聞きました。私もお供させて下さい」

平六に万一のことがあれば、波浮の工事で寄場の財政難をきりぬけようという計画が潰れてしまう。そこで自分が平六とすり替わったらどうだろうか。六蔵は遠慮がちにそう申し出た。

「つまり、替え玉になろうというわけだね」

「駄目でしょうか」

「気持はありがたいが、鉄さんもいるからそこまでしてもらうことはないよ」

「今朝、妙な胸騒ぎで目が覚めたんです。きっと悪いことが起きます」

「夢のお告げかね」

「嘘じゃありません。前にもそういうことが何度かありました」

「もし正夢なら、六さんが危ないじゃないか」

「鉄之助さんに助けられた命だし、世話になった寄場のために役に立ちたいんです。私なら年格好だって似ているし」

「平六さん、どうだね」

呑海は六蔵の熱心さに押されてたずねた。

「私は構いませんが」

平六は戸惑ったように六蔵を見つめた。確かに二人は年格好から商人風の物腰までよく似ていた。

四人は船松町の渡し場で船を下り、深川の石川忠房の屋敷に向かった。先頭が鉄之助、その後ろに羽織、袴を着た六蔵、次に呑海、寄場の仕着せを着た平六とつづいた。呑海は平六を連行でもするように寄り添っていた。

永代橋を過ぎて万年橋の手前まで来ると、道が急に狭くなった。片側の御船手組《おふなてぐみ》の役宅の数軒が火事で焼けたばかりで、路上には運び出した家財が半町ばかりにわたって積み上げてあった。

その前には紐が張られ、野次馬の立ち入りを禁じている。黒こげの柱や壁が燃え残っている焼け跡には、焼け出された者たちが言葉を失ったまま立ち尽くしていた。

その様子を横目で見ながら通り過ぎようとした時、後方で騒ぎが起こった。

荷車を引いた牛が、道をふさぐほど集まった群衆めがけて暴走していた。

牛は角を低く下げ、血走った目をぎらつかせて突進してくる。荷車には焼け跡に運んで来たらしい板が積んであり、その後ろからは十四、五ばかりの少年が血相を変えて追っていた。

「誰か、そいつを止めてくれ」

少年は走りながら叫んだ。

一方は川である。道にいた者たちは我先にと張り渡された紐の中に入って難をさけようとした。

逃げ遅れた老婆。突き倒された子供。その子を抱きかかえる母親。小山のような黒い牛は、あわてふためく群衆の中にまっしぐらに突っ込んでくる。

鉄之助は道の真ん中に出ると、両手を広げて立ちはだかった。牛は止まらない。頭を下げ、鋭くとがった角を地面と平行に構え、猛然と突進してくる。

鉄之助は両手を突き出し、呼吸を整えた。

十間、五間、三間、ひと息ごとに距離は詰まる。

目前に迫った牛は、ぐっと頭を下げ、角を振り上げてはじき飛ばそうとした。

鉄之助は角のつけ根をつかんだ。両足を踏んばって止めようとしたが、惰力のついた牛に押し込まれ、砂煙を上げながら十間ばかりも後退した。

だが体勢は崩れない。しっかりと角をつかんだままだ。

牛がその手をふりほどこうと首を振った瞬間、満身の力を込めて首をねじ伏せた。牛はすくい投げを打たれて、あっけなく横倒しになった。

その耳から豆粒のような物が転がり出た。熱く焼いた鉄の玉だ。暴走したのは、これを投げ入れられたからだった。

「鉄さん」

呑海の声がした。

はっと目を上げると、群衆の中に六蔵が倒れていた。うつ伏した首から流れ出した血が、乾いた地面に丸く広がっていた。

五

英一郎が島役所を訪ねて流人人別帳を見たいと申し出ると、

「わっしは、はあ、聞いておりませんので」

胡麻塩頭の老人はそっ気なく言った。

「だから、昨日村上どのの許可を得てあると申しておる」

「昨日の、いつでございますか」

「大島屋に行った時だ」

「書き付けでもあれば別ですがね。言葉だけじゃ、はあ、どうにも」

「私が信用できぬというのか」

英一郎は殴りかからんばかりの勢いで詰め寄った。

大島に来て三日目だというのに、何の手がかりもつかめない。大島屋や番頭に聞いても、流人上がりの水夫など知らないと言う。船宿や流人小屋まで聞き回ったが、誰もが口裏を合わせたように同じ答えをくりかえすばかりだった。

後は流人人別帳から手がかりを捜すしかない。英一郎はそう決心して夜明けとともに島役所を訪ねたのである。

「信用するとか、しないとかではございません。それが、はあ、規則なものでして」

「私は明日にも下田に帰らなければならぬのだ。だからこうして朝早くから訪ねておる」

「それは、そちらさんの都合でございましょう」

「なにっ」

英一郎はかっとしたが、怒鳴りつけてどうにかなる相手ではない。ここは辛抱強く頼み込むしかなかった。

「では、直接村上どのに確かめれば良かろう。私が留守を預かる。役宅まで行って聞いてきてくれ」

「お出ましは、五ツ（午前八時）と決まっております」

「ならば、どうすればいいのだ」

「五ツまでお待ちいただくしかないようでございますねえ」

まだ一刻（二時間）ばかりある。英一郎にはその時間が限りなく惜しかった。

「参られぬ時はどうする」

「さっきから申しておりますが、人別帳は村上さまの許しがないかぎり、どなたにも見せられないことになっておりますんで」

「では、待たせてもらおう」

英一郎は根負けして土間の長床几に腰を下ろした。

「ところで一昨日の夜中に、女の悲鳴を聞かなかったか」

「いいえ。何にも」

「確かに、この道を通って淡路屋の前まで来たのだが」

女は髪をふり乱し、半裸にちかい姿で飛び出してきた。その後を五、六人の男が無言のまま追った。やがて許しを乞う叫びと、男たちののしる声が聞こえた。

だが道ぞいの者たちに訊ね回っても、女の姿を見た者も悲鳴を聞いた者もいなかった。

「おお方、はあ、地鬼の仕業でございましょう」

「誰の仕業だと」

「地鬼でございます。島の地鬼が時々そんな悪さをして、旅の人をおどかすんで」

老人はそう言ってにやりと笑った。

伝八は五ツを少し過ぎた頃、起き抜けの顔で現われた。

「これはまた、お早いお越しじゃな」

英一郎を見るなり意外そうに立ち止まった。

「人別帳を見せていただくために、明け方から参っておりました」

「それで、何か手がかりはござったか」

「いえ、まだ」

英一郎は老人に拒まれて一刻余りも待っていたことを語った。

「それは気の毒なことをいたした。あの老人はここで四十年も働いているのでな。やたらとうるさいことを言うのじゃ。これ、忠兵衛《ちゅうべえ》」

伝八が呼ぶと、胡麻塩頭の老人が奥の勝手から姿を現わした。

その手に折敷《おしき》を抱え、湯呑みと急須を運んできた。

「狩野どののお力になれと申し付けておいたはずだぞ。どうしてすぐに人別帳を見せなかった」

「人別帳のことは、はあ、別だと思いましたもんで」

「馬鹿者が。すぐにご案内いたせ」

忠兵衛はしぶしぶ立ち上がると、英一郎を書庫に案内した。

錠をはずし、観音開きの戸を開けると、黴《かび》の臭いが鼻をついた。四畳ほどの部屋の両側に書棚があり、黄色く変色した帳簿がぎっしりと詰まっていた。

正面の小さな明かり窓には、頑丈な鉄の格子が張られていた。

「いつ頃から、ご入用で」

忠兵衛が投げやりにたずねた。

島の秘密を他所者《よそもの》に見せたくない。その思いが曲がった背中にありありと現われていた。

「そうだな。二十年前から見せてもらおう」

英一郎は仕返しでもするような小気味よさを感じながら命じた。

伊豆大島がいつ頃から流刑の地とされたかは定かではない。『日本書紀』は、天武四年（六七五）に三位《さんみ》麻続《おみのおおきみ》王の一子が、また文武三年（六九九）には役小角《えんのおづぬ》が伊豆大島に流されたことを伝えている。

嵯峨天皇の治世のころから死罪も遠島も廃止されたが、保元元年（一一五六）の保元の乱の敗者を処罰する際に、およそ三百四十年ぶりに復活した。

このとき伊豆大島に流罪となったのが源為朝である。

以後、数多くの罪人が伊豆大島に流されたが、江戸時代も中期以降になるとその数は次第に少なくなり、寛政八年（一七九六）には全廃された。

伊豆大島が江戸に近いために、刑罰の地として効果がないこと。外国の艦船から江戸湾を守る際に、この島が戦術上重要な拠点となること。流人の逃亡を防ぐためのさまざまな定めが、島民の自由な経済活動をさまたげていること。それが廃止の理由だった。

英一郎は流人の経歴や罪状、島に来てからの行いが記された人別帳を丹念に読んだ。赦免された後に水夫になる可能性のある者については特に念入りに目を通し、細かい覚え書きを作った。

二十年間で二十三人いる流人のうち、該当する可能性のある者はわずか三人だった。

一人は神田錦町の小間物問屋の手代七左衛門《しちざえもん》。

家を博打宿にして宿銭を取った上に、自分も博打に加わっていた科《とが》により、天明元年（一七八一）に伊豆大島へ流罪。天明七年に第十一代将軍家斉《いえなり》の将軍宣下の祝儀の際に赦免。引取人の伯父は日本橋の廻船問屋で働いている。

二人目は増上寺仲門町の小料理屋の清三郎《せいざぶろう》。盗賊と通じ盗品を質店に持ち込んで銭に替えていた科により、天明八年に流罪。島での素行が良かったことが認められ、寛政六年に赦免。弟が佃島で漁師をしている。

もう一人は無宿弥助である。

下総《しもうさ》の漁師の家に生まれたが、二十歳のときに家を飛び出し、江戸へ出て博徒の仲間に入っている。その後上方と江戸を往復する樽廻船に乗り込んだが、天明七年に水夫仲間と喧嘩をして傷を負わせた科により流罪。寛政八年の流人廃止の際に赦免。

寛政八年の流人廃止によって多くの流人が赦免されたり、三宅島や八丈島に島替えになったために、伊豆大島に残っている流人はわずか七人だった。

英一郎は、その中でも入墨文七《ぶんしち》という男に興味を引かれた。

文七は日本橋の上州屋の倉の錠をたち切り、盗品を持ち出そうとしたところを捕えられ、十二年前に流罪となっている。

寛政八年には赦免されているが、自ら望んで島に残った。その理由は、〈当地水汲女を妻とし、子を成したる故なり〉と記され、その下に〈御代官殿のお計らいによるものなり〉と申しわけ程度に書き足してあった。

「これはどういう意味ですか」

英一郎は伝八にその所を示してたずねた。

「さあ、拙者は一昨年赴任したばかりだからの」

「前任者の日誌はありますか」

浦方御用所では毎日勤務日誌をつけている。島役所にも同類の物があるはずだった。

「書庫にあると思うが」

そんな物を見てどうするのだ。伝八はそう言いたげな顔をした。

英一郎は書棚から勤務日誌を引き出すと、寛政八年五月一日から読み始めた。

この月に流人の制度が廃止されているが、特に変わったことはない。

四月を読んだ。特にない。

三月にさかのぼった。三月十二日に、当時島役人を務めていた田畑《たばた》が文七から相談を受けたことが記してあった。

文七はこのたび赦免になったが、島で一家を成しているので離島したくないと申し出た。田畑はそれなら家族を連れて行けるように計らうと言った。文七は長く思案していたが、実は余罪があると告白した。

盗賊仲間二人を斬り殺していたのだ。上州屋でつかまったのは、流罪となって仲間の報復から逃れるためだった。もし江戸に戻れば、必ず報復を受けるという。

田畑は対応に苦慮した。もしその罪状をおおやけにすれば、文七は八丈島に島替えになるだろう。かといっておおやけにしなければ赦免され、かつての仲間に殺されるおそれがある。

田畑は思い悩んだあげく、韮山代官三河口太忠に内々に相談した。すると太忠は一家を成しているという理由で島に残ることを特別に許したのである。

田畑の誠実で几帳面な文章をたどるうちに、英一郎の顔は次第にほころんできた。情に通じた計らいに感じ入ったからではない。この秘密を握っていれば、文七とかいう男を下手として操れると思ったのだ。

英一郎は何事もなかったように日誌を棚に戻すと、丁重に礼を言って島役所を出た。

文七の家はよごらあ原と呼ばれる雑木林の生い茂った荒地の中にあった。新島村では流人が島に着くとくじで監視役を決め、当たった者の家の近くに住まわせた。

流人はわずかな建築材料と誰も住まないような荒地を与えられ、その日から自力で小屋を建てなければならなかった。

文七に与えられたのもそんな一画だったが、十二年もの間この島に住み、樵《きこり》として土地の者にも一目置かれるだけの働きをしているので、小屋は丸太造りながら立派なものだった。

周りには人参や明日葉を植えた畑があり、その片隅には菜の花が咲いていた。

英一郎は少し離れた茂みに身をひそめて様子をさぐった。

やがて昼飯を終えたらしい文七が鋸《のこぎり》と鉈《なた》を腰にさして出てきた。四十ばかりの小柄な男で、顎のとがった精悍《せいかん》な顔が赤黒く日焼けしていた。

文七の後から頭に手拭いを巻いた小肥《こぶと》りの女が出てきた。文七が島に来てから娶《めと》ったという水汲女で、手拭いを巻くのは荷物を頭に乗せて運ぶからだ。

女の後から、二人の子供が走り出てきた。五つばかりの男の子と、二つばかりの女の子である。文七は二人を両方の手で抱き上げると、重さを計るように体をゆすった。

子供たちは大喜びで文七の首にしがみつく。

英一郎はふと浦賀に残してきた娘のことを思い出した。

もう一年も会っていないが、ちょうどあの子のように丸く太って可愛いさかりだろう。そう思うと、胸の奥に甘酸っぱい郷愁が広がった。

文七は二人を下ろすと、なごりを惜しむように頭をひとつなでて家を出た。英一郎はその後を尾けた。文七は小走りするほどの速さで北に向かった。

人家の途切れた場所まで来ると、英一郎は間合いを詰めて呼び止めた。文七はぴたりと足を止め、敵の襲撃にそなえる獣の目で様子をうかがった。

「ずいぶんと速足だな」

「ぼやぼやしてると、この島じゃ生きていけないんでさあ」

文七はにこりともしない。その息は少しも乱れていなかった。

「ちょっと教えてもらいたいことがあるんだが」

「急ぎの仕事がありますんで」

「手間はとらせぬ」

「あっしらのことなら島役人さまがご存知でございますから、どうぞそちらにお訊ねになって下さいまし」

文七は低い抑揚のない声で言うと、用は済んだとばかりに歩き出した。

英一郎は小石を拾い上げ、文七の頭めがけて投げた。命中する寸前、文七はひょいと首を傾けた。小石は耳の先をかすめていった。

「さすがは二人の仲間を殺しただけのことはあるな」

英一郎は小さくつぶやいた。

文七がぴたりと足を止めた。ふり返った目に鋭い殺気があった。英一郎は半身に構え、ふいの一撃にそなえた。

雑木林からうぐいすの声がしきりに聞こえた。

「おたわむれの次は言い掛かりでございますか」

「田畑どのの記録を読んだ。もちろん誰にも話してはおらん」

「…………」

「私さえ口を閉ざしておれば、以後問題にする者もおるまい」

「何のことでございましょう」

文七の吊り上がった目尻に動揺が現われた。

「まだ十二年前のことだ。江戸町奉行所に知らせれば吟味直しということになるだろう」

「それで、ご用は」

「伊豆大島の流人で水夫になった者を捜している。半月前の嵐で遭難し、外浦の漁師に助けられたが、そのまま姿を消したのだ。二の腕に入墨がある四十前後の男だ」

「入墨とは、こんな物ですかい」

文七は挑発するように二の腕をまくり上げた。

源太が見たものと同じ入墨が刻まれていた。

「そうだ。心当たりはないか」

「あっしは何も知りません」

「三年前に赦免になった弥助という漁師上がりの男がいただろう」

「へえ」

「その後、島で見かけたことはないか」

「いいえ」

「どうも大島屋を頼ってこの島に逃げ込んでいるようだ」

英一郎は鎌をかけた。昨日大島屋と話している間にそんな気がしたのである。

「そうですか。あっしらには関わりのないことで」

文七は表情ひとつ変えずに言うと、腰の鉈の位置を直して歩き始めた。

「ならば浦賀奉行所の捕り方を連れて出直すしかないな。その時には島役所の日誌もおおやけになるぞ」

文七がふり返った。精悍な顔が憎悪に歪《ゆが》んでいた。

その夜、英一郎と文七は人目を忍んで長根岬に向かった。

文七は一昨日の早朝、天神原から血相を変えて走ってくる娘に出会っていた。呼び止めると、見知らぬ男に会ったという。それで誰かが長根岬に隠れていると分ったのだ。

「それは十五、六の髪の長い痩せた娘ではないか」

英一郎は島に来た日の夜に、五、六人に追われていた女のことを話した。ちょうど今夜のようなおぼろ月の夜だった。

「誰にも言うなと念を押したんだが、馬鹿な尼っ子でさあ」

「殺されたのか」

「あっしには分らねえ」

「しかし、村の者は誰も悲鳴を聞かなかったと言った」

「この島では、流人の娘を厄介女と呼びましてね。殺されようが何されようが、知ったこっちゃねえんで」

「私が調べる。その娘の名は何という」

「無駄なことだ」

文七は自嘲するようにせせら笑うと、ぷっつりと黙り込んだ。

天神原を抜けて長根岬まで来ると、文七は急に足を止めた。

「ここまでで勘弁して下さいまし」

「なぜだ」

「あっしが手引きしたことを知られちゃ、この先何かと面倒なんで」

「そうか。ご苦労だったな」

島での文七の立場を思えば、無理強いも出来なかった。

「どうか、もう、これっきりということで」

文七はぺこりと頭を下げ、足早に立ち去った。

英一郎はおぼろ月の明かりを頼りに、長根岬の突端へと進んだ。

高さ二間ばかりの岩窟があった。中は真っ暗で何も見えない。用意の火打ち石で、龕灯《がんどう》に火を付けた。

岩窟は湿っていた。時おり岩の間から滲《し》み出した水が頭に垂れてくる。足をすべらせれば海に落ちる。英一郎は一歩一歩ゆっくりと奥に進んだ。

奥には二畳ほどの平地がある。その真ん中にこんもりと盛り上がったものがあった。龕灯の灯りを当てると、燐光《りんこう》のような輝きが返ってきた。

小さな光の粒がびっしりと散らばっている。

背筋にぞくりと寒気が走った。それを堪《こら》えてさらに進んだ。足元がさわさわと動いた。

海老だった。海老が時ならぬ侵入者に怖《おそ》れをなして海に逃げ込んだのだ。光っていたのはその目である。

海老が去った後に、半ば喰い散らされた男の死体があった。

無数の海老は死体を食べていたのだ。龕灯で顔を照らすと、半開きになった口から三寸ほどの茶色い海老が這い出てきた。

死体から一間ほど離れた所に、漆塗りの薬籠が落ちていた。その表には大島屋の屋号がくっきりと描かれていた。

第四章　波浮の築港計画

一

早めに床についた大島屋庄右衛門は、暗い天井をみつめて悶々としていた。

薬籠を失くしていることに気付いたのは、昨夜長根岬の岩窟から帰ってきた夜のことだった。

弥助の死体を見て胆《きも》をつぶさんばかりに動転し、家についても落ち着きを取り戻すことが出来なかった。心臓が激しく脈打って息苦しい。頼みの熊胆を飲もうと袖をさぐったが、手は空をつかむばかりだった。

あわてておお玉を呼んでたずねたが、見掛けないという。手文庫から簞笥の引き出しまでさがしたが見当たらない。弥助の死体におどろいて尻もちをついた時、落としたとしか考えられなかった。

（気付かれる前に、取りに行かなければ）

今朝から何度もそう思ったが、無残な死体をみるのが恐ろしい。下手人と顔を合わさないともかぎらない。それを考えるともう一度行く気にはなれなかった。

だが、夜になると取りに行かなかったことがしきりに悔やまれた。

「お玉、おい、お玉」

庄右衛門はやる瀬なさに泣きそうな声をたてた。

「なんです。まだお休みじゃなかったんですか」

襖ごしに眠たげなお玉の声がした。

「本当に私の薬籠を見かけなかったんだろうね」

「知りませんよ。ゆうべからそう言ってるじゃありませんか」

「思い違いということもあるじゃないか」

「あなたこそどこかに忘れて来たんじゃありませんか。この間だって淡路屋さんに忘れてきたでしょう」

十日ほど前に淡路屋で村内の寄り合いをした時、庄右衛門は薬籠を折敷の下に置いたまま帰ってきた。酒宴の前に熊胆を飲み、そのまま忘れたのだ。

年のせいかそんなことが多くなったが今度はちがう。店を出る時には確かにあったし、岩窟を訪ねた後はどこにも寄らずに戻ってきたのだ。

「そうか。知らないか」

庄右衛門は胃のあたりに差し込みが走るのを感じた。

（やはり、庄助が殺したのだ）

夜具の中で体を固くしながらそう思った。

どうしてあの場所を突きとめたかは分らない。だが庄助は弥助があの岩窟に隠れていることを知り、口をふさぐために殺したに違いなかった。

おそらく庄助は死体の始末をするために明日にもあの岩窟に行くだろう。そうすれば薬籠を見つけ、自分が訪ねたことを知る。そうなれば証拠を消すために手を打ってしまう。

その前に、問い質すべきだ。どの道対決しなければならないのなら、相手の不意をついた方がいい。庄右衛門は迷った末にそう決めた。

翌朝、庄右衛門は店に出て来た庄助を奥の居間に呼び付けた。

「まあ座りなさい」

庄右衛門は威厳を保ったゆったりとした態度で、庄助を下座につかせた。庄助が見習いだった頃、よくこうして説教したものだ。

「何のご用でございましょうか」

庄助は几帳面に背筋を伸ばして座った。その姿は三十年前と少しも変わらなかった。

「お前は私に隠しごとをしているね」

「何を申されているか分りませんが」

「長根岬の弥助のことだ。こう言ってもまだ分らないかい」

庄右衛門は内心の動揺を隠すために高飛車に出た。

「そのことでしたら、存じております」

「お前が、殺《あや》めたんだろう」

庄助は薄い唇をきつく噛み締め、あたりに視線をさまよわせた。

「どうなんだ」

庄右衛門はたたみかけた。

「おおせの通りでございます」

庄助は庄右衛門の目をまともに見返して答えた。肉の薄い頬にさっと赤みがさした。

「なぜ殺した」

「大島屋を守るためです」

「お前のためじゃないのか」

「いいえ、大島屋のためです」

「お前が私に隠れて妙な仕事をしていたことは弥助から聞いたよ」

「弥助が、まさか」

庄助は何かを言いかけ、はっと口を押さえた。

「すべて話したよ。だから明神丸を使って何をしていたか包み隠さず話してみなさい」

「その前に、弥助が何を話したかを教えて下さい」

「何だって」

「おおせの通り、私は旦那さまを裏切っておりました。そのことでどんな罰を受けても構いません。だから弥助が何を言ったかを教えて下さい」

庄助は膝をすって身を乗り出した。その目は血走り、今にもつかみかからんばかりの形相だった。

「さあ、教えて下さい。何を言ったんですか」

「お、お前が私に隠れて……」

庄右衛門は言葉に詰まった。

弥助はその先を話すまえに殺されたのである。

「何をしてました。店の金に手をつけましたか。積荷の横流しでもしましたか」

「それは、お前が一番よく知っているだろう」

「じゃあ、聞いていないんですね」

庄助はそう叫ぶと、浮かした腰をほっと下ろした。

「いったい何をしていたんだ。白井屋さんも承知のことなのかい」

「言えません」

「そういう了見なら、これ以上店に置いとくわけにはいかないね」

「どうぞ、存分に」

「お前はそれで済ますのかい。三十年以上も世話になっておきながら、都合が悪くなりゃ出て行くのかい。お前と私は、たったそれだけの……」

何かがどっと胸にせり上がり、喉が詰まった。

庄助とは三十年以上の付き合いである。その才覚を見込み、目をかけて育てた男なのだ。その繋がりをこうもあっさりと切られるとは思ってもいなかった。

「大島屋のために、話せないのでございます」

「だから、その理由を話してくれと言っているじゃないか」

「話せば、私や旦那さまばかりか、店の者が皆殺しにされます」

庄助はふいに涙を浮かべた。

「皆殺し……。いったい誰が」

そう言いかけた時、外でざわめきが起こった。

店の者が誰かを懸命に引き止めようとしている。しばらく押し問答がつづいた後に荒々しく襖が開けられ、狩野英一郎が姿を現わした。

「二人そろって何の相談ですか」

英一郎は仁王立ちになったまま、勝ち誇ったように二人を見下ろした。

「朝早くからずいぶん荒っぽいお出ましでございますね」

庄右衛門は眉をひそめて言った。

「忘れ物を見つけましたんでね。お届けに上がったんですよ」

懐から薬籠を取り出すのを見ると、庄右衛門は喉元に刃を突き付けられたように飛びすさった。

「どうやら、どこで失くしたか思い出されたようですね」

「し、知りません。私は……」

庄右衛門はたれ下がった頬をふるわせてあえいだ。心臓をぎゅっと摑まれたような痛みが胸を走った。

「長根岬の岩窟ですよ。水夫の死体の側に落ちていました。大島屋さん、あなたの薬籠ですね」

「ちがう。いや、確かに私の物だが、十日ほど前に落としたのです」

「ほう、落とされた」

「そうです。淡路屋で宴会があった日に」

「淡路屋では、店に届けたと言いましたよ」

英一郎は昨日淡路屋に戻ると、店の者に薬籠の持ち主を確かめた。十日前の話はその時に聞いていた。

「そうです。そうでした。落としたのは、その後だ」

庄右衛門の額にびっしりと汗が浮かんだ。何とかしてくれ。泣きつくような目を庄助に向けた。

　庄助は無言のまますっくと立った。

「どちらへ」

　英一郎が立ちふさがったが、返事もせずにその脇を通り抜けた。

　庄右衛門は啞然と見送るばかりだった。

「ここで話してもらえないのなら、島役所に来ていただくことになりますよ」

　英一郎は余裕の笑みさえ浮かべていた。

（相手がどこまで知っているか探らなければ）

　庄右衛門はうつむいて黙り込んだまま、そんな考えを巡らしていた。

「この薬籠の側には、男の死体があった。その男が誰だかご存知ですね」

「い、いえ、はい」

「どちらですか」

「知っています」

「伊豆大島に流罪となり、三年前に赦免された弥助という男ですね」

「はい」

「その弥助が、どうして島に戻って来たのですか」

「し、知りません」

「では、あなたはどうしてあの岩窟に弥助がいることを知っていたのですか」

「それは……」

庄右衛門はたちまち返答に窮した。それでもなお沈黙を続けることで英一郎の手の内を聞き出そうとした。

だが、英一郎もそんな見え透いた手に乗るような男ではない。刀を鞘ごと抜くと、庄右衛門の前にゆったりと腰を下ろした。

「さあ、うかがいましょう」

「……」

「なぜ弥助が島に戻ってきたか。どうしてあなたが岩窟にいることを知っていたのか。その理由を話して下さい」

「私にもよく分らないのです」

「では、島役所で思い出していただくしかありませんね。場合によっては浦賀奉行所まで行ってもらうことになります」

「ど、どうしてそんな所に」

「弥助の乗っていた船が、抜け荷にかかわっていたかもしれないからです」

「まさか……、そんな大それたことを」

「あなたは一昨日、店の船に流人を乗せてはいないと言われた。だが、あれは嘘だった。弥助は明神丸に乗っていたんでしょう」

「この間も申しました通り、店のことは番頭に任せ切りですので……」

「ではどうして岩窟に行ったのですか」

「それは……、つまり」

「あなたは白井屋から松前藩の荷を横流ししてもらい、明神丸で江戸に運んでいた。浦賀奉行所の検査を逃れるための抜け荷です。ところがこの間の嵐で船が沈み、弥助は積荷とともに漂流しているところを外浦の漁師に助けられた。弥助は積荷が抜け荷に関わるものだと知っていたので、身元も明かさず姿を消し、あなたに救いを求めてきた。あなたはいったん長根岬の岩窟に弥助をかくまったものの、追及が及ぶのを恐れ、弥助の口をふさぐために殺した。ちがいますか」

「ちがいます。私に人殺しなど、出来るはずがない」

そう叫んだ時、庄助がふらりと戻ってきた。その顔は紙のように白く、目は真っ赤である。左手には何かをしっかりと握りしめていた。

「おおせの通りですよ」

庄助は開き直った薄笑いを浮かべていた。

「庄助、お前、なんということを」

庄右衛門はそう怒鳴ったが、庄助は覚悟の定まった落ち着き払った態度で話をつづけた。

「ただし、すべては主人の知らない間に独断でやったことです。責任はすべてこの私にあります」

自分は主人から仕事を任されているのをいいことに、白井屋から松前藩の御用船の積荷を横流ししてもらい、島方会所に持ち込んで売りさばいていた。そのために明神丸を抜け荷船に仕立て、素性があやしく口の固い者を選んで水夫にしていたのだ。

弥助には三年前に赦免になった時から目をつけ、半年前から雇っていた。ところがこの間の嵐で船が沈み、弥助だけが助かった。

弥助は伊豆大島に来て、百両払わなければ抜け荷をバラすと迫った。金を払うのはたやすいが、生かしておいてはいつまたゆすられるか分らない。秘密を守るためにも殺したほうがいいと思った。

庄助は拳を固く握りしめて、暗唱でもするように淡々と語った。

「では、どうしてこれがあそこに落ちていたのだ」

英一郎は袖から薬籠を取り出して迫った。

「明神丸には万一にそなえて殺し屋を乗り込ませ、船が沈む前に水夫を皆殺しにするように命じていました。弥助のように生き延びて秘密を暴く者がないようにするためです」

下田に漂着した二人の水夫が喉を切り裂かれていたのはそのためだった。

「それが主人の差しがねだと思った弥助は、仲間の復讐のために主人を殺そうとしたのです。ところが何も知らなかったと聞かされると、主人からも金をゆすり取ろうとしました。主人は弥助が私をゆすっていることも知らず、あの岩窟にかくまいました。主人があの岩窟を訪ねたのは、私が弥助を毒殺した後だったのです」

庄右衛門は妙だと思った。確かに話の辻褄は合っている。だがそれだけのことなら、自分が知っていることと大差はないのだ。

たとえ庄助が積荷を着服して私腹を肥やしていたとしても、殺し屋などを乗り込ませるはずがない。まして大島屋が皆殺しにされるはずがなかった。

「すべてはここにしたためてあります。どうぞよしなにお取り計らい下さいませ」

庄助は懐から一通の立て文を取り出して英一郎に差し出した。その手が激しく震えている。その間も左手は固く握りしめたままだった。

英一郎は文を広げて目を通した。几帳面な角張った字で、事の顚末がびっしりと書き連ねてあった。

「それから、これが」

庄助は震えながら紺色のビードロの小瓶を突き出した。

「これが弥助を殺めた毒でございます。水に入れて飲ませたのでございます」

庄助はいどみかかるような目で英一郎を睨むと、紫色の唇をひん曲げてゆっくりと栓を抜いた。

「庄助、お前」

庄右衛門が叫んだ。

英一郎が刀の鞘尻で瓶をはたき落とそうとした。

だがそれより一瞬早く、庄助はビードロの小瓶を口に当て、ひと息にあおった。

唇の端にこぼれた毒を手の甲でぬぐい、満足しきったように二人を見つめていたが、やがて仰向けに倒れると、喉をかきむしって断末魔の叫びを上げた。

庄右衛門も英一郎も、なす術《すべ》もなく見守るばかりだった。

二

岡鉄之助と呑海が秋広平六の供をして石川忠房の屋敷を訪ねたのは、六蔵が殺されてから十日後のことだった。

その間に呑海はどこから情報が洩れたか徹底的に調べた。

あの日平六が忠房の屋敷を訪ねることを知っていたのは、忠房の周辺の者と人足寄場の中の限られた者、それに伊勢屋庄次郎だけだった。その中に疾風組と通じている者がいなければ、あれほど周到に待伏せ出来るはずがない。

呑海は忠房とも連絡を取り、内通している可能性のある者の行動を徹底的に調べ上げたが、一人として疑わしい者はいなかった。

同じことを繰り返せば、ふたたび襲撃されるおそれがある。一計を案じた呑海は、忠房の屋敷で亡父の追善供養が行われる三月二十日を対面の日とした。

「木は森に隠せということさ」

呑海は石川邸の中庭を歩きながら言った。

屋敷には羽織袴や裃《かみしも》、僧衣の者たちがひっきりなしに行き来し、誰も三人に目を止める者はいなかった。

「案外似合うものですね」

鉄之助は僧衣姿の呑海を物珍しげに見つめた。

その堂々たる押し出しと落ち着き払った物腰には、大寺院の僧正といった風格があった。

「酒も女も断っちゃいねえが、出家の身にはちがいないからね」

呑海があたりをはばかるように声をひそめた。

石川忠房は離れの書院で待っていた。三人は中庭を横切り、回り縁から中に入った。

「忙しいとこ済まないね。こちらが秋広平六さんだ」

呑海が紹介した。

平六は額を畳に押し付けたまま、対面を許してもらった礼を言った。

「面を上げよ。あらましのことは呑海どのから伺っておる」

「ははっ」

平六がおそるおそる顔を上げた。

「手短に工事の要点をのべるがよい」

忠房はそう言ってから、呑海の方に向き直った。

「実はもうじき読経が始まりますので、四半刻（三十分）ばかりしかお相手出来ません」

「それだけあれば充分だろう。平六さん、始めてくれ」

「これが、工事の見積りでございます」

平六が風呂敷包みを開け、とじ紐でとじた見積り帳を差し出した。

「まず、最後に添付しました絵図をご覧下さいませ」

「うむ」

忠房は膝の上に見積り帳を置き、折り込みになった絵図を引き出した。

波浮港の大まかな見取り図が描かれていた。

「波浮の港と申しますのは伊豆大島の南端にある港でございます。もとは湖でしたが、元禄十六年（一七〇三）の大地震によって湖の南側が崩れ、海とつながったものでございます。絵図にも記しました通り、港の径はおよそ百四十間（約二百五十メートル）、深さは三丈（約九メートル）ほどで、工事によって港口を広げますれば、千石積みの船が数十隻も入ることが出来ます。港口の長さはおよそ百間、横幅は九間、深さは満潮時で平均八尺（約二・四メートル）ばかりでございます」

平六は図面も見ないですらすらと説明した。

「これが干潮時には四尺ほど水位が下がりますために、大型船の入港が出来なくなります。そこで五尺だけ掘り下げ、干潮時にも平均九尺の水深を保てるようにするつもりでございます。これに要する人足は延べ九千人。港口の坪数九百坪に対し、坪あたり十人の人足を充てるとしての数字でございます」

人足の手間賃を一日二百文として、千八百貫。一両を銭六貫と換算して三百両である。また人足とは別に鳶《とび》人足を十人ほど雇う必要があるが、この給金は一年一人十両として百両。

その他にも石船や平田船の建造費や、海中の石を巻上げるための神楽桟（滑車）、石を吊るための苧綱《おづな》（麻縄）、石を割るための鉄のみ、砂石や砂を入れるためのもっこなど、さまざまな道具が必要である。

「その費用はしめて七百五十九両になる計算でございます」

平六は必要な道具とその費用を、見積り帳に記した順に説明して締めくくった。

「安いな」

忠房はしばらく見積り帳に目を落としてからぽつりと言った。

「安すぎる」

怒気さえ含めてくり返した。

平六はぴくりと体を震わせ、緊張に体を固くしたまま次の言葉を待った。

「なぜこのように不正な見積りをした」

「滅相もございません。私どもは決して不正などは」

「いたさぬと申すか」

「は、はい」

「では訊ねる。ここには延べ九千人の人足が必要と記してあるが、工事にはいつからかかり、いつまでに終わるつもりじゃ」

「お許しいただけますならば、来春から秋までとするつもりでございます」

「日数にしていかほどじゃ」

「天候などの都合で仕事にかかれない日も含めますと、百五十日ほどでございます」

「仕事にかかれる日だけでは、百日から百二十日ということだな。とすれば、百人ちかくの人足が必要ということになる。しかも工事は海の底を掘るばかりではあるまい。港口を広げるためには、両岸も切り崩さなければならぬ。そのための人数も必要であろう」

「誠に、左様でございます」

平六は悪事でもあばかれたように額に汗を浮かべた。

「工事の間、その人足たちをどこに寝泊りさせるつもりじゃ」

「港の周辺に居小屋を建てる予定でございます」

「仮に二百人の人足を使うとして、一棟に五人を入れるとしても、四十棟の小屋が必要になる。その方、その小屋の木材をどこで調達し、どのようにして島まで運ぶ所存じゃ」

「そ、それは」

「来春から工事にかかるとすれば、人足たちが島に着くまでには小屋を作っておかねばなるまい。とすれば、この秋には木材を調達し、島ですぐに棟上げにかかれるように切込みを入れておかなければなるまい」

「おおせの通りでございます」

「その費用が見積りから抜けているのはどういうことか」

「……………」

「石川島の寄場からも連れていくと聞いたが、人足の賄いはどうするつもりじゃ。食費、賄い婦の日当、そうした費用もそっくり抜け落ちておる」

「それらはすべて、義兄の伊勢屋庄次郎が持つと申しております。それゆえ見積りからは除外いたしました」

「なるほど。幕府のため、また廻船の便のために、私財をなげうって開港にあたると申すのじゃな」

平六は引き締まった顔を苦しげに歪めたまま、何も答えなかった。

「どうした。私財をなげうつのでなければ、何故見積りからはずしたのじゃ」

「恐れながら、その見返りとして開港のあかつきには、波浮港に入港する船の帆前一反につき銭百文を取ること、また港の管理のために付近の地に一村を起こすことをお許しいただきとう存じます。そういたしますれば、幕府のご損失ともならず」

「平六」

忠房が厳しくさえぎった。

「幕府は今年から毎年五万両の予算を充てて蝦夷地の経営に取り組んでおる。波浮の開港はその成否に関わる大事業じゃ。万一失敗すれば蝦夷地開発が暗礁にのりあげ、ひいてはかの地をロシアに奪い取られることにもなりかねぬ」

「ははっ。そのことは充分に」

「承知しておると申すか」

「おおせの通りでございます」

「ならば、これ以上申すことはあるまい。今日からそちを一式引受人に任ずるゆえ、一家の欲得からはずれて工事に当たってくれ」

「恐れ入りましてございます」

「では、近々普請役と共に伊豆大島へ実地検分に出向くがよい」

忠房はこれでいいかという目くばせをおくった。

呑海は小さく頷《うなず》いた。

「そろそろ読経が始まりますので、私はこれで失礼いたします」

「ああ、手数をかけたね」

「簡単な精進の物ですが、昼の支度を申し付けてあります。亡父の供養に召し上がって下さい」

忠房は居住まいを正して一礼すると足早に出て行った。

入れ替わりに三人の侍女が折敷を運んできた。法事のために三人とも薄墨色の小袖を着ている。先頭は侍女頭らしい小柄な老女だった。

「失礼いたします」

老女は敷居のそとで三つ指をついた。格式の高い家に長年仕えたことをうかがわせる洗練された動作だった。

ゆっくりと顔を上げた老女は、鉄之助と目があうとさっと顔色をかえた。

「どうかしましたか」

人から奇異の目で見られることに慣れている鉄之助は、そう言って笑いかけた。

「い、いいえ。失礼いたしました」

老女は折敷を置いて給仕にかかった。その頭から髪油の甘い匂いがする。

鉄之助はこの匂いをどこかで嗅いだことがあるような気がした。


五月三日。十軒町の桟橋には、早朝から大勢の見送り人が出ていた。

その中には伊勢屋庄次郎やお浜の姿もある。桟橋から一町ばかり沖には伊勢屋の持ち船である伊勢庄丸が停泊し、間近にせまった出港を待っていた。

伊勢庄丸の甲板では、平六が垣立につかまったまま放心したように桟橋の方を見ていた。

「平六さん、いよいよだね」

呑海が肩を叩いて声をかけた。

波浮港の工事の一式引受人に任じられた平六は、勘定方普請役の渡辺新右衛門《わたなべしんえもん》と長岡与三郎《ながおかよさぶろう》を案内して伊豆大島に向かうことにしたのである。

この調査に鉄之助と呑海も同行を許された。鉄之助は平六の警護のため、呑海は寄場の人足を派遣出来るかどうか下見をするためだった。

「お蔭さまで、ようやくここまで漕ぎつけることが出来ました」

「こんなに手間がかかるとは俺も思わなかったよ。相も変らぬ石頭ぞろいさ」

忠房が実地検分に派遣することを決めてから幕閣の許可が下りるまで、一月以上もかかった。老中のなかに強硬に反対した者がいたからだ。

「これも石川さまやお頭のご尽力の賜物《たまもの》でございます」

「なあに、こっちだって仕事をもらうためにやったんだ。鉄さんは？」

「あそこです」

鉄之助は帆柱に二丈ばかりの麻縄を結びつけていた。

「おい、鉄さん。何をしているんだい」

「もし海が荒れたら、この帆柱に私を縛りつけて下さい」

「どうして」

「暴れ出すかもしれませんから」

真顔で言った。揺れる物が怖いのである。

「おいおい、物騒なことを言ってくれるなよ。あれは地震の時だけじゃないのかい」

「そうだといいのですが」

鉄之助は「浜風」で何をしたかも、なぜそうなったのかも覚えていなかった。ただ、ひどい恐怖に襲われたことだけははっきりとしている。もし海が荒れて激しく揺れれば、同じようなことが起こらないとも限らなかった。

「地震と船じゃ違うと思うんだがなあ」

「とにかく頼んだらすぐに縛って下さい。私がこうしますから、これでぐるぐる巻きに」

鉄之助はひと抱えもある帆柱に抱きつく格好をして、胴の高さに結びつけた麻縄を示した。その縄で背中から縛ってくれというのだ。

「それから、これで手首も」

手首の高さにも別の縄が結びつけてある。呑海はその手回しの良さに苦笑したが、鉄之助は真剣だった。

「荒れる心配はないと船頭が言ってたがね。俺はちょいとあの二人に挨拶してくるから」

　呑海はそう言って艫屋形に入った。

　屋形では実地検分を命じられた普請役の二人が、伊豆大島の図面を広げて何ごとかを打ち合わせていた。

「鉄之助さんにも苦手なものがあるんですね」

　平六が何やら嬉しそうに声をかけた。

「自分が怖いんです」

　鉄之助は何度も麻縄の縛り具合を確かめた。

「私はあの義兄が苦手でしてね」

　平六は桟橋に立ち尽くしている伊勢屋庄次郎をちらりと見た。

　その隣には平六の妻のかねがいる。かねは庄次郎の妹だった。

「人足の居小屋や賄いのことで石川忠房さまにお叱りを受けましたが、あれはすべて義兄が仕組んだことです」

「どうしてあんなことを」

「昨年韮山代官所を通じて工事を願い出ましたが、費用がかかりすぎるという理由でお取り下げになったのです」

だから今度は費用を低く見積もったのだ。そうすれば幕府も工事に着手しやすいし、工費の一部を負担することで波浮港に入る船から帆前一反あたり百文の銭を取ることが許可されるなら安いものだ。庄次郎はそう考えたのだ。

「たとえば二十反の帆を張った船で二貫、年に千艘入れば二千貫で、およそ三百両になる。十年で三千両。義兄はそんな計算をする人なんですよ」

出港を知らせる銅鑼《どら》が鳴った。

荷を積み込むために付けていた平田船が、いっせいに船から離れた。水夫がゆっくりと帆を巻き上げる。

船は伊豆大島に向かって静かに滑り出した。

「そればかりじゃありません。義兄は波浮港を拠点にして、漁業をおこそうとしているのですよ。現在伊豆大島で漁に出ることを許されているのは新島村と岡田村の北部二村だけです。南の三村は漁に出ることはおろか船を持つことさえ許されていません。ところが伊豆大島で最も魚が獲れるのは、波浮の沖合の大室出《おおむろだ》しと呼ばれる漁場なんです。そこで獲った魚を江戸に直送することが、義兄のもうひとつの狙いです」

　桟橋に見送りに出ていた者たちが盛んに手を振っていた。庄次郎もかねもにこやかに手を振っている。かねは五歳になる藤蔵《とうぞう》を抱き上げている。平六は手を振ってそれに応えながら話をつづけた。

「私が波浮の港を拓きたいと思ったのは、自分の欲得のためではありません。ところが義兄はすぐに商売に結びつけ、今のうちに取れるだけの権利を取っておこうとしているのです。鉄之助さん、私が石川忠房さまの前でどんなに恥ずかしい思いをしたか分りますか」

「夢を汚されたような」

　鉄之助がぽそりと言った。

　いつか平六自身がそう言ったのを聞いていた。

「ええ、そうです。それも自分で自分の夢を汚したようなものです。そう仕向けたのはあの義兄ですよ」

　船は次第に岸を離れていく。海ぞいに並ぶ家も人も、だんだん小さくなっていった。

「ところが私は、義兄の助けを借りなければ何ひとつ出来ないのですからねえ。市宿の百姓家に生まれた私を江戸に連れて来てくれたのも義兄なら、かねを嫁にして店をもたせてくれたのも義兄です。私は義兄の手の中から逃げられない孫悟空のようなものですよ」

平六は苦笑した。痛々しい自虐の笑いである。

鉄之助は平六の意外な弱さを見たような気がした。

「しかし波浮港を開くことは、あなたが考えたことでしょう」

「もう十年も前から考えていました」

「それならいいじゃないですか。開いた港がどんな風に使われようと」

「そうでしょうか」

「みんなで何かを作り上げるのが、面白くて仕方がないと言ったでしょう」

「それは、そうですが」

心に何か深いこだわりがあるらしい。平六は浮かぬ顔でいつまでも桟橋の方をながめていた。

船はおだやかな海を南に向かっている。伊豆大島に着くのは夕方になるはずだった。

三

「ただ今、薩摩守さまが参られました」

「通せ」

「遅くなりまして、誠に申しわけございません。何分所用繁多にて、決すべきことも山積しておりますれば」

「よいよい、分っておる」

「御前にはご機嫌うるわしく、祝着に存じまする」

「うむ」

「何かお目出たきことでもございましたか」

「書けたのじゃ。我が生涯を記す書が、昨夜は思いの外にやすやすと書けた。今朝読み返してもまれにみる出来栄えでな。日頃の苦吟が一朝に報われたような清々《すがすが》しい思いをしておる」

「ご心中のお喜びお察しいたしまする」

「訊ねぬのか」

「は？」

「何を書いたのか訊ねぬのかと申しておる」

「何をお書きになりましたか」

「聞きたいか」

「ぜひ、うかがいとうございます」

「人に聞かせるほどのことでもないがの。余の少年期のことじゃ」

「なるほど。過日はご幼少の頃のことを伺いましたが、すでに少年期にかかられましたか」

「あれは十二歳の頃であった。余は他家の者を我が家に招き、青雲塾と名付けた勉強会を開いておった。いずれも将来幕府を背負って立つ人物と余が見込んだ秀才ばかりじゃ。その中に一人不届き者がおった」

「ほう、どなたでございますか」

「本人も存命しておることとゆえ、あえて名は伏せておく。いつの日かあの書がおおやけにされたなら、世人もなるほどと手を打つはずじゃ」

「誠に行き届いたご配慮でございます」

「余より二つ年上のその者は、浮世草子などを読んでおったのじゃ。その草子には遊廓のことが記され、なまめかしい版画までが刷り込んであった。薩摩守、何を笑っておる」

「決して笑ってなどおりませぬ。それは一大事でございました」

「そちはたわいもないことだと思うかも知れぬが、淫欲に溺れてけがらわしい書物を手にするなど、余には許し難いことであった。それればかりではない。その浮世草子は一両もする高価なもので、常のものより判型も大きかった」

「それほど高価なものであれば、図画もくっきりとしていたのでございましょう」

「その頃の世は奢侈《しゃし》と怠惰と淫乱とに流れておった。青雲塾ではこの風俗に毒されず、質素倹約、質実剛健を目指していた。そしていつの日か幕閣に登用されて、世の乱れを正そうと誓い合っていたのじゃ。その不届き者はその誓いを破った。余が激怒したのも無理はあるまい」

「誠に無理もございませぬ」

「だが、たった一度の過ちをもって、その者を青雲塾から追放するのはあまりに寛容を欠いた仕置じゃ。そこで余は塾生全員の面前でその者の非をなじり、以後このような行いを改めるように教えさとした。そして二度とこのようなことがあれば、青雲塾を破門し、親友の交わりを断つと申し渡したのじゃ」

「さすがは御前さま。十二歳とは思えぬご配慮でございました」

「ところが、それ以後二月ほどしてから、余はその者の様子がおかしいことに気が付いた。どことなく余を避けて、目を合わすとおずおずと顔をそらすのじゃ。その理由が余にはすぐ分った」

「お分りになりましたか」

「無論じゃ。その挙措から心を読むことが出来なければ、人の上に立つことなど出来ぬ。余はその者が再び浮世草子などを手にしたために、良心の呵責《かしゃく》に耐えかねて余と目が合わせられぬのだと見抜いた。だが、本人に詰問したところで、親友との誓いを守れぬような者がほんとうのことを言うはずがない。そこで余はいつも我が屋敷で開いていた青雲塾を、今回は貴君の屋敷で開くことにした、と言って押しかけたのじゃ」

「証拠の品をつかむためでございますか」

「その通りじゃ。その者は愚にもつかぬ理由をあげて断わろうとしたが、余は数名の同志を引き連れ、委細構わずその者の部屋に踏み込んだ。そして壁にかけた額の裏から浮世草子を見つけたのじゃ」

「それはお手柄でございました。して、その後にはどのようなお取り計らいを」

「約束通り塾を追放し、親友としての交わりを断った。その者はその後さる大身の旗本家に養子に行き、その家を継いだが、余は今でもその者と口をきかぬ」

「…………」

「昨夜この時のことを記しているうちに、部屋に踏み込まれた時のその者のあわてぶりを思い出しての。はっはっはっ。久々に腹がよじれるほどに笑ったことであった」

「あの、御前さま」

「はっは。遠慮は無用じゃ。そちも笑え」

「御前さま、実はご報告申し上げなければならぬことがございます」

「何じゃ。下田のことか」

「あの一件は無事に片が付きました。伊豆大島の波浮の港の工事についてでございます」

「そのことなら昨年韮山代官から申し出があった時に、費用がかかり過ぎるということで見送りと決したはずじゃ」

「それが八丁堀の伊勢屋の義弟で秋広平六と申す者が、今度は石川忠房に働きかけたのでございます」

「あの目付上がりの勘定奉行か」

「左様でございます。石川もこの工事に大いに力を入れておりまして、普請方の二人を実地検分に派遣したいと申し出て参りました」

「それで」

「何とか握りつぶそうと致しましたが、今年から始まった蝦夷地との交易の便や、外国艦船にそなえての江戸湾の防衛といった理由を上げられますと、こちらもあながち反対ばかりをとなえるわけにも参りませず」

「検分を許したのか」

「申しわけございませぬ」

「まあ良いわ。たとえ検分をしたとしても、工事を許さなければ同じことじゃ」

「それが、もうひとつ厄介なことがありまして」

「何じゃ。申せ」

「実は人足寄場に遁世しております長谷川が、石川忠房と平六の仲介をしたのでございます」

「なにっ、あの長谷川が」

「左様でございます」

「あの山師が、なぜそのような」

「寄場の運営資金に困ってのことと思われます。伊勢屋がかなりの金を積んだのでございましょう」

「だからあの男の出家など認めてはならぬと申したのじゃ。あの時、腹を切らせておけば済んだことではないか」

「しかし、上様直々のお言葉もあり、あれ以上のことは」

「黙れ。そちのやり方が手ぬるかったゆえに、あのような勝手を許さざるを得なくなったのじゃ」

「お詫びの申し様もございませぬ」

「第一、なぜ長谷川はその平六とやらを石川に会わせた。そちはあの者たちの身辺には常に目を光らせていると申したではないか。ならば長谷川が二人の仲介をしていることなど、すぐに察知できたはずじゃ」

「それが今度ばかりは」

「裏をかかれたと申すか」

「御意」

「石川と長谷川はどのような間柄じゃ」

「大番組の頃からの顔見知りで、石川が目付をしておりました頃に、何度か長谷川に助けられております」

「始末をつけい」

「は？」

「このまま放置しておいては面倒なことになる。どのような手を使っても構わぬ。今のうちに工事の芽を摘んでおけ」

「心得ましてございます」

「薩摩守」

「ははっ」

「わしは長谷川某が憎くてこのようなことを申すのではないぞ。幕府の安泰を願えばこそじゃ。そのことを胆に銘じておくがよい」

四

稲生沢川の河口の沖には、白井屋の富士丸が停泊していた。

松前藩の荷を積んで今朝下田港に入ったばかりで、船底には緑色の海藻と赤茶色の貝がびっしりとこびりついていた。

船には平田船が何隻も漕ぎ寄せ、滑車で下ろされる積荷を受け取る順番を待っていた。荷を積み終えた平田船は稲生沢川をさかのぼり、白井屋の屋敷の中に消えていった。

蝦夷地から運んできた海産物を倉庫に保管し、相場が上がるのを待って江戸に持ち込むのだ。いつ売りさばくかの見極めは、すべて白井屋に一任されている。白井屋が松前藩の御船問屋として強大な力を持っているのはそのためだった。

狩野英一郎は河口近くの砂浜に立ったまま、あわただしく行き来する平田船を見ていた。

褌ひとつになって櫓を漕ぐ船頭たちは、英一郎の視線に気付くと一様に迷惑そうに顔をそむけた。中にはおどし付けるように睨み返す者もいる。

大島屋の庄助が行ったという積荷の横流しの裏付けを取るために、英一郎がうさくつきまとっていたからだ。

罪を認めて自殺した庄助は、白井屋でこのことを知っているのは手代の直次郎だけだと書き置きに記していた。

英一郎は事後の処理を島役人の村上伝八に一任し、下田に戻って白井屋を訪ねた。ところが直次郎はすでに行方をくらました後で、五日後に寝姿山《ねすがたやま》の中腹で首を吊って死んでいるのが発見された。

だが首に残った傷跡は、首吊りによって出来たものではなかった。

首を吊った場合、あごの下から耳の後ろにかけて斜めに、つまり頭蓋骨にそって赤黒く縄の跡が残る。だが直次郎の首に残っていたのは、手拭いでも巻いたように肩と平行な傷跡だった。

さらに疑わしいのは、積荷の横流しの方法だった。

庄助の書き置きには、白井屋の廻船が港に入った時に明神丸をその横に停泊させ、白井屋から買った荷を積み込むように見せかけていたと記されていた。

廻船の荷を積んだ平田船は、いったん白井屋の倉庫内に入り、荷を下ろさずにそのまま出て来て明神丸に横付けする。荷箱には紙が貼ってあるので、外から見ただけでは何を運んでいるか分からないという。

確かにそうした方法は可能かもしれないが、そんな大がかりなことを直次郎一人だけで出来るはずがなかった。少なくとも店内にもう二、三人手足となって働く者が必要であり、横流しと知って荷を運んだ船頭がいるはずだった。

だが、三月四月と店の者や船頭たちの取り調べを続けたが、誰もが固く口を閉ざし、英一郎の姿を見ただけで逃げるように立ち去った。

「狩野さまではございませんか」

背後でそんな声がして、白井屋文右衛門が歩み寄ってきた。

英一郎より頭ひとつ背の高い堂々たる体格で、その角張った顔には傲慢なほどの自信がみなぎっていた。腰には帯刀問屋の証である脇差をたばさんでいる。背後には店の手代らしい帳簿を持った男が従っていた。

「今日は何のご用ですか」

　文右衛門が世間話でもするようにさりげなく訊ねた。

「港の見回りに来ただけです」

「相変らずご熱心なことですな」

「それが務めですから」

「ご謙遜には及びません。お役人の大半は、禄を失わないように大過なく務め上げればいいと考えておられます。狩野さまのお心掛けは立派なものですよ」

「港に出られることもあるのですね」

「これまでは店の者に任せっ放しにしていたのですがね。直次郎があのような不始末を仕出かしたものですから、廻船の荷下ろしに立ち合うことにしたのです。私の目が行き届かず、大変ご迷惑をおかけしました」

「外浦に積荷が流れ付いた時に、本腰を入れて調べていただければ、天竜丸の積荷だと分ったはずですがね」

「私もまさか店の中に黒い頭のねずみがいるとは思わなかったものですから、軽く考えていたのですよ。そのことは秋元さまにもよく詫びておきました」

文右衛門は秋元とのつながりをことさらに印象付けようとした。

英一郎は何ごとにも気付かなかったように海を見ていた。

目の前に犬走島《いぬばしりじま》が浮かび、その向こうに須崎半島が横たわる。波打ち際の岩場にはかもめが数羽飛び交っている。真夏のような強い日射しをあびたその羽根が、くっきりと白く輝いていた。

「浦賀にはよくいらっしゃるのですか」

英一郎は挑戦でもするような気持に駆られた。

「ええ、月に二回は参ります」

「直次郎が行方をくらました日、あなたは店を留守にした者はいなかったとおっしゃいましたね」

「その通りです」

「しかし、お宅の手代二人が直次郎と連れ立って出かけるのを見た者がいるのですよ」

「ほう、誰がそんなことを」

「また自殺でもされたら困りますからね。今は名を明かすことは出来ません」

文右衛門は不快そうに口元を歪めた。その反応が険しいものであればあるだけ、
英一郎は核心をついたという自信を強めた。

「そうそう、昨夜天竜丸の船頭から文が届きました。積荷を海に落としたことなどないそうです」

文右衛門がたった今思いついたように言い添えた。

「天竜丸が石巻港に入った所をようやくつかまえたのです。私どもも御用所のお役に立ちたいと努めておるのですよ」

「ご尽力には感謝しております」

英一郎は素っ気なかった。

「では、これで」

文右衛門は立ち去りかけたが、急に足を止めてふり返った。

「狩野さまは名刀村正の話はご存知ですか」

「いいえ」

「天下に二本とない名刀で、鉄さえも両断するほどの切れ味だったそうですがね。その切れ味ゆえに使い物にならなかったのですな。どうしてだか分りますか」

「いいえ」

「収める鞘がなかったのですよ。鋭すぎるゆえの悲劇と申しましょうか」

「それが何か」

「いえね。あなたを見ていて、ふとこの話を思い出したのです」

「ずいぶん博識ですね」

「とんでもない。実を言うと、この話は秋元さまからお伺いしたものでしてね。私などの知恵の及ぶところではありませんよ。それではこれで」

文右衛門は喉が詰まったような低い声で笑うと、大きな背中を向けて立ち去った。

横溝市五郎が息を切らして駆けつけたのはその直後だった。

「やはりここだったか」

「どうかしたのですか」

文右衛門の一言に軽い衝撃を受けた英一郎は、焦点の定まらないぼんやりとした目をしていた。

「浦賀奉行所からの使者がこれを」

そう言って一通の立て文を取り出した。

五月四日の八ツ（午後二時）までに出頭せよ、という奉行からの命令だった。

翌朝下田から江戸へ向かう廻船に便乗した英一郎は、その日の昼過ぎに浦賀港に入った。

船が千代ヶ崎を回ると、灯明崎《とうみょうざき》の灯台が見える。浦賀港に出入りする船や浦賀水道を航行する船の道しるべとするために、慶安元年（一六四八）に設置されたもので、灯台の近くには竹矢来で囲まれた処刑場があった。

港の東岸が東浦賀、西岸が西浦賀で、奉行所の番所は西浦賀のちょうど真ん中あたりに建てられていた。

奉行所はそこから海ぞいに南に下り、西浦賀川をさかのぼった所にあった。二千坪ちかい敷地に奉行屋敷や長屋、厩、砲術稽古場などが建てられ、入口には二層づくりのいかめしい棟門があった。

その前に立つと、英一郎は緊張に体が引き締まるのを感じた。

浦賀奉行は老中の支配下にあり、通常は江戸に詰めている。浦賀に視察に来た折にわざわざ会いたいというからには、よほどの事情があるにちがいなかった。

詰所の同心に来意を告げると、すぐに対面所に案内された。

長い廊下を歩く間に何人かの顔見知りとすれちがったが、相手は軽く会釈するだけである。英一郎にも再会をなつかしむ余裕などなかった。

二十一畳もある対面所には誰もいなかった。端座して待っていると、足音と廊下のきしむ音が聞こえた。裃を着た英一郎は、作法通り両手を八の字について平伏した。

先に入ってきたのは筆頭与力の大西孫四郎《おおにしまごしろう》だった。浦賀奉行所をあずかる最高責任者で、一年前に英一郎を下田に飛ばした張本人だった。

「狩野英一郎、面を上げい」

孫四郎が居丈高に命じた。

英一郎は上体を起こしたが、視点は一間ほど先の畳の縁に落としたままだ。

「堅苦しい作法は無用じゃ。楽にいたせ」

秋元隼人の声がかかって、ようやく相手と正対した。

隼人は下ぶくれのおだやかな顔をした五十ばかりの男だった。旗本の名家に生まれ、一流の教育を受ける機会と才能に恵まれ、何不自由なく立身の階段を登ってきた。そんな経歴が何の屈託もないゆったりとした態度に表われていた。

「このたびの働き大儀であった。下田からの上申書にはつぶさに目を通したぞ」

「有り難き幸せに存じまする」

「今日呼び付けたのは、一度その方に会いたかったからじゃ。これ」

隼人にうながされた孫四郎が、用意の文箱《ふばこ》から書状を取り出した。

「狩野英一郎、その方に浦賀奉行所吟味役下役を命ずる。これがその任命状じゃ」

横に広げて高くかかげた。英一郎は一瞬耳を疑った。

「どうした。不服か」

隼人がにこやかな顔を向けた。

「滅相もございません」

英一郎は平伏した。

吟味役下役は与力のなかから任命される吟味役の補佐をするもので、浦賀奉行所にいる五十人の同心の中でも上席に位置する。かつての同輩を一気に飛び越した大抜擢だった。

「では、今月中にも下田を引き払い、当番所に参るが良い。大西」

「ははっ」

「引き継ぎや引っ越しに手間取ることもあろう。十日ばかりの休暇を与えよ」

「今月中、でございますか」

英一郎が遠慮がちにたずねた。

「そうじゃ。不都合でもあるか」

「不都合はございませぬが」

余計なことを口にすれば大抜擢がふいになるかもしれないと思ったが、職務に対する信念と自尊心がその弱さにうち克《か》った。

「下田にはまだやり残したことがございます」

「白井屋の手代のことか」

「上申書にも記しました通り、死因に不審な点がございます」

「そのことなら後任の者によく申し継ぎをしておくがよい」

隼人が席を立った。

英一郎にはそれ以上異議をとなえることは出来なかった。

「狩野、あまりいい気にならぬほうが良いぞ」

　孫四郎が奉行の足音が遠ざかるのを確かめてから口を開いた。

　親子ほどにも年のちがうこの男は、英一郎が浦賀奉行所に入って以来辛《つら》く当たっていた。入ってすぐに行われた奉行臨席の武道会で、英一郎に手ひどく打ち込まれたからだ。

「貴様についての良からぬ噂もある。奉行のお覚えが目出たいからといって増長しておると痛い目にあうぞ」

「良からぬ噂とは、どのようなことでございましょうか」

「そんなことは知らん。貴様の母上にでも訊ねてみることだな」

　孫四郎は薄笑いを浮かべると、英一郎に打ち込まれて以来不自由になった右足を引きずりながら立ち去った。

　浦賀奉行の配下には十二人の与力と五十人の同心がいて、浦賀港に入る船の検査と周辺の天領の治安維持に当たっていた。

　その大半は旗本か御家人で、役職は世襲である。そうした者たちの役宅が、奉行所から海に向かって伸びる通りにそって建ち並び、与力町、同心町という名で呼ばれていた。

奉行所を出た英一郎は、同心町のはずれにある我が家に向かった。

家には妻の千恵《ちえ》と、三歳になった娘の園《その》、年老いた母が待っている。浦賀に戻れることを話したら三人はどんなに喜ぶだろう。吟味役下役に取り立てられたと知ったらどんな顔をするだろう。そう思うと英一郎の胸は鞠《まり》のように弾んだ。

表門を開けて家に入った。

庭先では千恵が野菜の手入れをしていて、その周りに園がまとわりつくように遊んでいる。そんな光景を思い描いていたが、庭には誰もいなかった。

しかも野菜畑には雑草が生い茂ったままである。

ふくらみを失った固い地面を見ると、英一郎の胸に不吉な予感が走った。

そういえば家全体がどことなく荒れている。鉄が潮風にさらされて錆びていくように、家の中が重く静かな荒廃に包まれていた。

「千恵、戻ったぞ」

玄関口に立った英一郎は、不吉な予感をふり払うように明るい声を上げた。

「千恵、留守なのか。母上、ご不在なのですか」

奥で襖の開く音がして、母の美津《みつ》が姿を現わした。

「おや、急な用でもありましたか」

美津の態度には、英一郎が期待した喜びも驚きもなかった。まるで帰ってきたのが迷惑だというようなよそよそしい態度だった。

「浦賀奉行所に戻れることになったのです。吟味役下役を命じられました」

「そうですか。それは良うございました」

美津はやりかけの仕事が気になる様子で奥に引っ込もうとした。やせ細って腰の曲がった体は、ひと回り小さくなったような気がした。

「千恵と園は出かけているのですか」

「ええ、八丁堀に参りました」

「八丁堀に何の用ですか」

「母さまのご容体がすぐれぬとかで、十日ほど前から看病に行ったのです」

「母上お一人を残してですか」

「私なら一人のほうがかえって気が楽です。繕い物を片付けてしまいますので、あちらで楽にしていて下さい」

気丈な美津は弱音を吐かなかったが、衰えた背中からは疲れと諦めが漂っていた。

それはこの家の荒廃と軌を一にするものだった。

五

文七の流人小屋は、六畳の板の間と四畳の居間、雨の日の作業場とするための六畳ほどの土間があるばかりだった。

居間ではいろりの周りに親子四人が集まり、天井の梁から鉤《かぎ》で吊るした鍋が煮立つのを待っていた。

昨日、文七が森の中に仕掛けた罠に雉《きじ》がかかったのだ。

細い木を弓のようにたわめ、その下に木の実を置く。鳥がその実を食べに来ると、たわめた木がはねて首をはさむようにした簡単な仕掛けだが、五日に一度ほどは雉や百舌《もず》がかかった。

二人の子は鍋から上がる湯気の匂いにうっとりと目を細めている。女房のお高《たか》は細かく折った木の枝をいろりの火に投げ入れていた。

生活の足しにするために、船宿の洗濯物を洗う仕事を続けている。洗濯は海でするので、肥りじしの手は荒れてがさついていた。

文七はその手をじっと見つめた。

「あんた、どうしたの」

お高が視線に気付いて目を上げた。

「いや、何でもねえ」

「それならいいけど……」

「ひでえ手にさせちまったと思ってな。悪いがちょっと出てくるぜ」

「今から」

「やり残した仕事を思い出したもんでな」

「炭窯に」

「そうだ」

文七は樵仕事のかたわら、小さな炭窯を作って炭を焼いていた。村人が立ち入らない共有林で炭を焼き、船宿などにおろしている。それは家計を支える大きな柱だった。

月明かりにぼんやりと照らされた道を四半里（約一キロ）ばかり歩くと、天神原の入口にあるお雪《ゆき》の家に着いた。丸太で組んだ壁の隙間から、いろりの火がかすかにもれていた。

文七はあたりを見回し、見張っている者がいないことを確かめてから戸口に近付いた。

「なんだ、あんたか」

戸口を細めに開けたお雪の父は迷惑そうな顔をした。

「お雪さんから連絡はあったかい」

「いいや」

「一月たったら家に帰すと言ってきたんだろう」

「ほとぼりが冷めたらと言ったんだ」

「下田の同心が帰ってもう一月半になる。何の連絡もないのはおかしいじゃねえか」

「俺には分らねえ」

「佐吉《さきち》さん。お前さんの娘のことじゃねえか」

「俺たちにゃどうにも出来ないことは、あんたも知っているだろう」

「このまま諦めようってのかい」

「女房と二人の子供がいるんだ。お雪一人のために無茶は出来ねえ。さあ、もう帰ってくれ。こんな所を奴らに見られちゃ、何をされるか分らねえ」

佐吉の髭だらけの顔は怯《おび》えに歪んでいた。その手放しの怯えようを見ると、文七は怒りに体が熱くなるのを感じた。

「自分たちさえ良けりゃ、娘を見殺しにしてもいいのかい」

「文七さん。あんたのためにもならねえ。お雪のことはほっといてくれ」

「俺には許せねえ。あんたが嫌なら俺一人でもやるぜ」

文七はそう言って戸口を離れた。

お雪が行方を絶った翌日、佐吉の家に一通の文が届けられた。

島のためにお雪を預かるが、ほとぼりが冷めたら家に帰す。手荒なことはしないので安心して待て。文にはひらがなばかりでそう記されていた。

差し出し人は「鬼」である。

その二日後、文七の家にも「鬼」から付け文があった。お前は島を裏切った。表ねなかった。

沙汰にされたくなければ黙っていろ、という。

文七は慄然《りつぜん》とした。長根岬の岩窟に下田の同心を案内した所を見られていたのだ。それを村人に知られれば、庄助の自殺や大島屋への処罰までが文七のせいにされかねなかった。

そうなった時どんな迫害を受けるか、この島で十二年間暮らしてきた文七には手に取るように分った。

軽くても村の共有林への立ち入りを禁じられ、樵も炭焼きの仕事も奪われる。重ければ村中の付き合いを絶たれ、食べ物さえ分けてもらえなくなる。最悪の場合はよってたかって簀巻《すま》きにされ、赤禿《あかつぱげ》の鼻の断崖から海に投げ込まれて殺される。

そんな非道な仕打ちが、島では公然と行われていた。狭い島に次々と流人を送られたために、こうして間引いていかなければ村人の生活が圧迫されるからだ。

それだけに名もない流人が生き残るためには、どんな仕打ちをうけようと徹底して従うほかはなかった。

「こんなことを許していちゃ、どうにもならねえ」

文七は夜道を歩きながらつぶやいた。

やがて娘のお夏《なつ》も厄介女などと蔑まれてこの島で暮らすのだと思うと、このまま黙って引き下がることは出来なかった。

翌日から文七は山歩きを始めた。淡路屋の前を通って天神原の方に駆けていった、という英一郎の言葉がただひとつの手がかりだった。文七は天神原から三原山にかけての山林から始め、北に向かってその範囲を広げていった。

「鬼」たちがお雪を監禁しているとすれば、山奥の百姓小屋しかない。文七はそう思っていた。弥助のこともあって海ぞいの岩窟には村人の注目が集まっている。それに比べて、山奥の百姓小屋なら人目につきにくいからだ。

文七の都合もあった。海ぞいの岩場を歩いていれば、島抜けでも企んでいると疑われる。その話はすぐに「鬼」に伝わり、お雪の身を危うくするにちがいなかった。

文七は椿や竹の林を抜け、羊歯《しだ》の茂みをかき分けて歩き回った。生い茂る夏草を腰の鎌で切り払いながら山奥に分け入った。

だが人一人を捜すには伊豆大島は広く、三原山の森は深い。三日四日と歩き続けても、手がかりひとつ見つけることは出来なかった。

きっかけを与えてくれたのは五歳になる朝吉《あさきち》である。

「父ちゃん、あれ何」

三原山を見上げてそうたずねた。

三原山の中腹にある仏の鼻と呼ばれる巨岩だった。山から流れ出した溶岩が固まって出来たもので、そこだけが他に抜きん出て高くなっていた。

「ふうん。あそこからこっちを見たらどんなだろうね」

その一言に文七ははっとした。確かにあの岩からなら新島村から泉浜にかけての一帯を見渡すことが出来る。もし「鬼」どもが夜に動くとすれば、林を抜ける提灯の灯で隠れ家をつきとめることが出来るはずだ。

そう思った文七は、夕暮れ時に仏の鼻に登って夜を待った。

三日目に「鬼」は動いた。しかも天神原から仏の鼻に向かって真っ直ぐに登ってきた。

深い闇の中に提灯の灯が見え隠れするのを、文七は獲物を追う猟師の目で追った。灯はやがて大きく北にそれ、しばらく進んだ所でぴたりと止まった。

（あそこだ）

文七は仏の鼻をすべり下り、暗い山道を駆け降りた。あたりは漆黒の闇である。

だが文七は迷うことなく全力で走った。

たき火でもしているのだろう。雑木林の中に建てられた百姓小屋からは明々と灯がもれていた。冬の薪《まき》を蓄えておくための板葺《いたぶ》きの粗末な小屋だった。

文七は忍び足で小屋に近付くと、板の隙間から中を覗き込んだ。

四人の男がいた。六畳ほどの土間の真ん中に穴を掘って火を燃やし、車座になって酒を飲んでいた。

小屋の片隅には羊歯や笹の葉が敷き詰められ、その上に筵を敷いていた。お雪は筵の上に膝を抱いて座ったまま、燃え上がる炎を放心したように見ていた。

「おい、お雪。ここに来て酌をしろ」

素焼きの徳利を突き付けて言ったのは、大島屋の奉公人で利平《りへい》という男である。

隣の男もやはり大島屋の奉公人。その横にいる大柄の男は島役所の忠兵衛の末息子の源作《げんさく》。もう一人は背中を向けたままなので誰か分からない。

「酌をしろと言うのが聞こえねえか」

利平が横柄に怒鳴った。

お雪は思いがけないほど素直に従った。

「おい、そろそろ始めようぜ」

隣の男が舌なめずりして言った。

「お雪、裸になって立て」

利平が命じた。どうやらこの男が四人の棟梁らしかった。

お雪は今度も素直に従った。朱色の帯を解いて小袖をぬぐと、たき火の前に立った。やせて肉の薄い体が、炎に照らされて赤く染まった。

文七はあやうく声をあげそうになった。

体のいたるところに棒で叩かれたようなみみず腫れがあった。ここに連れ込まれてお雪がどんな目にあったか、その傷がはっきりと語っていた。

「よし。腰を下ろして股を開け」

お雪は言われた通りに小用でも足すような格好をした。男たちはその奥を食い入るようにながめた。

源作はぐいと酒を呑みほすと、燃えさかる薪を松明《たいまつ》のように持ってお雪の股の間に近づけ、自分の工夫に悦に入ったような笑い声を上げた。

お雪は熱さを避けるように後退りして尻餅をついた。源作は大きな体を乗り出してさらに火を近づけた。

「ああ、たまらねえ。たまらねえよ」

源作は大急ぎで服をぬぎ捨てた。はち切れんばかりにそそり立った物を二、三度しごくと、うなり声をあげてお雪に組みついた。

お雪はされるがままだった。両足を大きく開き放心したように天井を見ていた。

源作は獣のように荒い息をたてながら突き立てる。他の三人は薄笑いを浮かべながらそれを見ていた。

やがて利平がお雪の顔の上にまたがり、腰の一物を唇に押し付けた。お雪は手をそえると、犬のように従順になめた。

利平はそれだけでは満足しなかった。口を押し開けると、腰を下げて深く沈めた。

お雪は激しく咳き込んでむせ返った。

「こいつ、何しやがる」

利平は薄い胸の上に座って平手打ちをした。一つ、二つ、三つ。その間にも源作は狂ったように突き立てている。

文七は歯をくいしばった。飛び出して顔を見られては後が厄介である。明日出直して救い出そう。そう思って堪えようとした。

出来なかった。お雪が娘に妻に、そして島に来て以来数々の迫害を忍んできた自分の姿に重なった。

「この外道が」

そう叫んで戸板を開けると、利平の胸倉をつかんでお雪から引き離し、鼻柱を殴りつけた。利平は鼻血を噴いてのけぞった。

振り向きざま、源作の顎を蹴り上げた。源作は股間をあらわにしたまま真後ろに倒れた。

一物は惚けたようにそそり立ったままである。文七は満身の力をこめて真上から踏みつけた。

「ぎゃあ」

源作は股間を押さえて転げ回った。睾丸がつぶれたのだ。

他の二人はあわてて逃げ出そうとした。文七は一人の襟首をつかんで引きもどした。

「流人のくせに、こんなことをしてただで済むと思うか」

もがきながらわめいた。

「やかましい。殺してやる」

文七は相手の首に腕をまわして締め上げた。

「この野郎」

利平が棒切れで殴りかかった。

文七はくるりと体をかわした。棒切れが腕の中の男の眉間をぱっくりと割った。

文七は利平に躍りかかった。両手で肩を押さえると、目に頭突きをいれた。

横面を殴った。

膝でみぞおちを蹴り上げ、仰向けに倒れたところを踏みつけた。

肋骨《ろっこつ》の折れるにぶい音がして、利平が白目をむいて気を失った。


翌朝、島役人の村上伝八と屈強の村人五人が文七の小屋を訪ねた。

「理由は分っているな」

伝八は紫房の十手をひけらかしながら言った。

「ご苦労さまです」

「あれだけのことをしたんだ。覚悟は出来ているだろうな」

「へえ」

「島役所に引ったてろ」

伝八が命じると、男たちが文七の腕を後ろにねじり上げ、麻縄でぐるぐる巻きにした。

「悪いのはあの人たちでございます。この人はお雪ちゃんを助けようとして」

お高がそう叫びながら伝八にとりすがった。

「それは取り調べれば分ることだ」

「あの四人は一月半もの間お雪ちゃんを小屋に閉じ込め、なぶりものにしていたのでございます。お雪ちゃんにたずねて下さいまし。佐吉にたずねて下さいまし」

「ええい。うるさい」

伝八が十手で腕を払った。

お高はがっくりと膝を折って座り込むと、二人の子供を抱きしめた。

文七は引き立てられるままに歩いた。覚悟はすでに定まっている。

だが、朝吉とお夏が救いを求めるような目を向けているのに気付くと、やる瀬なさに叫び声をあげたい衝動にかられた。

第五章　罠と差別

一

「もっと右、その赤い布の所だ」

秋広平六が大きく手をふりながら叫んだ。

測量用の竹竿を持って海中に立った人夫が、港口に張り渡された綱につかまり、足元をさぐるようにして右に動いた。

「そこだ、深さは」

「四尺二寸（約一・三メートル）です」

人夫は竹竿に記された目盛りを読んだ。

「四尺二寸」

平六はそう繰り返して碁盤の目のように線を引いた図面に書き入れた。

「よし、次はもう一間右に行ってくれ」

胸まで海につかった人夫は、測量竿を杖のようにしながら進むと、指示された場所に立った。

「三尺七寸です」

「三尺七寸」

平六は素早く図面に書き入れた。

こうして干潮時の港口の深さと、海底の起伏を確かめている。その方法はいかにも平六らしい緻密なものだった。

幅九間（約十六メートル）ほどの港口に一間ごとに赤い布を巻いた綱を張り、その布を目じるしに深さを測る。そうすれば海の上に引いた直線上の一間ごとの深さをつかむことが出来る。

その場所の測量が終われば、海側に向かって一間だけ進んだところに綱を張って同じことを繰り返す。

こうすることによって、一間間隔の碁盤の目を海上でも正確に作ることが出来る。その深さを図面に引いた碁盤の目に書き入れれば、ほぼ完全に海底の状態をつかむことが出来た。

「大変な仕事だなあ」

「そうですね」

「なんだか、こうやっているのが申し訳ない気がするよ」

呑海と鉄之助は海にせり出した岩場でのんびりと釣り糸をたれ、測量の模様をながめていた。

海はおだやかで、ぽかぽか陽気である。波浮港は周囲を高さ十五丈（約四十五メートル）ほどの断崖に囲まれていて、刺客が襲ってくる気遣いもない。仕事にあぶれた格好の二人は、波浮について五日の間、釣り三昧の日々を送っていた。

「おい、引いてるよ」

呑海が言った。

平六の仕事ぶりに気を取られていた鉄之助は、あわてて竿を上げた。

ぐっと引き戻す抵抗があって、五寸ほどの鯵《あじ》が銀色の腹をきらめかせながら宙に舞った。竿を立てて手元に引きよせる。左手を伸ばしてつかむと、鯵は掌でぴくぴくと動いた。

「大分上達したね」

「ええ、まあ」

釣り針をはずして魚籠《びく》に入れる。最初は針をはずせなくて頭をつぶしていた鉄之助も、五日の間にこつを覚え込んでいた。

「しかし、こんなに釣れると、かえって興醒めだなあ。一筋縄ではいかねえ大川（隅田川）の魚たちがなつかしいや」

呑海がつまらなそうに竿を上げた。

波浮の沖合は伊豆七島でも有数の漁場だと平六は言ったが、岸からでもよく釣れた。四半刻もすれば、大型の魚籠が一杯になった。釣り名人を自任する呑海にはそれが物足りないのだ。

「無用の殺生は禁物だ。そろそろ帰って、さわに料ってもらうか」

二人は竿をおさめ、ずっしりと重い魚籠を下げて、炊事場になっている波浮姫命《はぶひめのみこと》神社の境内に向かった。

波浮港はちょうど錠前の鍵穴のような形をしていた。以前火口湖だった所は丸い形をしていて、幅九間、長さ百間ばかりの浅瀬で海とつながっていた。

ここが元禄十六年（一七〇三）の地震で陥没した所で、満潮時には大型の船でも入ることが出来たが、干潮時には深さ四尺ばかりになるため、小さな平田船しか入ることが出来なかった。

この浅瀬の底を掘って、干潮時にも大型の廻船が入れるようにするのが平六の工事の目的だった。

港の周囲は切り立った崖になっていたが、西側の斜面は比較的ゆるやかだった。島の者はこのあたりを「クダッチ」と呼ぶ。差木地村《さしきじむら》から来ると急な下り坂になるために付けられた名前らしい。

波浮姫命神社はその下り坂を下りた所にあった。

かつて波浮が火口湖だった頃、差木地の人々が水の守り神として波浮姫命を祭ったのである。その境内を借りて炊き出しをしていた。

鉄之助たち一行と、差木地村から雇った人夫を合わせると二十一人の大所帯である。賄いのために雇われた五人の女たちは、石で組んだ竈《かまど》のまえであわただしく働いていた。

「ちょいと、ここの薪は使うなと言っただろう」

浅黒い顔をした四十歳ばかりの女が、竈の前にかがんでいた女に食ってかかった。

竈には大根や牛蒡《ごぼう》を入れた大鍋がかけられ、さかんに湯気が上がっていた。

「あれ、さわが使えって言うもんで」

竈の前の女は相手の剣幕に気圧されて逃げ腰になった。

「さわ、本当か」

浅黒い女は、隣の竈で飯を炊いているさわに詰め寄った。

「ああ、本当だ」

さわは澄まして答えた。
十六、七の血色のいい、固く肥った娘だった。
「どうしてそんな勝手をした。あれは俺が炊き出し仕事の前に山から拾ってきたもんだ」

「薪が足りなくなったから、使わせてもらったんだ」

「あれは俺のもんだ。足りなけりゃ、みんなで拾ってくればいいんだ」

「お天道さんを見てみな。もうじきみんながお昼を食べに上がってくるんだよ。そんな暇があるもんか」

さわは母親ほどに年のちがう相手にも、少しもたじろがない。その言葉は的を射て歯切れが良かった。

「だからといって、人の物を黙って使っていいのか」

「海はまだ冷たいんだ。みんなに温かい物を食べさせるのが、俺たちのつとめじゃないか。薪ぐらい後で拾って返してやるよ」

さわが黒目がちの栗鼠《りす》のような目で相手をにらんだ。

呑海と鉄之助が境内に戻ってきた時には、つかみ合いの喧嘩になりそうな険悪な空気が流れていた。

「どうした。何を争っておる」

呑海がさわにたずねた。

「何でもねえ。それより魚は」

「これだけだ」

鉄之助が魚籠を差し出した。

「うわあ、こんなに」

さわは魚籠をのぞき込んで目を輝かせた。小袖の胸元が開いて、豊かな胸の谷間がのぞいた。

鉄之助は一瞬目を惹かれたが、あわてて顔をそむけた。浅黒い顔の女が怖い顔をしてにらんでいた。

「ふん。あんたの親父が何をしているか、俺が知らねえとでも思っているのか」

女は腹の虫がおさまらないらしく、そんな捨て台詞を吐いて立ち去った。

「どうした。何を怒ってるんだ」

「何でもねえ。それより魚を早く鍋に入れねえと」

さわは魚籠をひったくり、はらわたを落とすために波打ち際まで下りていった。

その夜、伊勢庄丸の艫屋形に吊るした行灯の下で平六は遅くまで仕事をしていた。

近くに泊る所もないので、一行は満潮の時に船を港に入れて船の中で寝泊りしている。周囲を断崖に囲まれているので風もなく、波も静かだった。

「今度は何を書いているのですか」

なかなか寝つけない鉄之助は、そう言って図面をのぞき込んだ。

「ああ、これですか」

平六は嬉しそうに顔を上げた。

島に来てからの平六は、出港の時の憂い顔が嘘のようにはりきっていた。

「これは海底の見取り図ですよ」

「海の底が見えるのですか」

「まさか。こちらの図面にこうして深さを書き込んでいるでしょう」

平六は波浮港の図面を指した。

碁盤の目の所には、測量竿で測った深さが書き込んであった。

「この深さの二十分の一の長さを、こちらの図面に書き込むのです。たとえばここの横幅は八間半ですから、一間ごとに測った八つの点があります。これをこの図面に移すと」

平六は海面を示す赤い線を描いた図面を示しながらつづけた。

赤い線は一間の二十分の一の長さごとに区切ってあり、そこから海の深さだけ下がった所に点が打ってあった。

「この八つの点を結ぶと、このように山の連なりのような線が出来ます。海底をすっぱりと縦に切ったとして、それを横から見た時の状態なのです」

要するに断面図である。鉄之助は平六の工夫の良さに舌を巻いた。

「こうした図面を、この縦と横の線の数だけ作ります。そうすると縦横一間間隔で海底の状態が分るわけです」

「面白いことを考えましたねえ」

「昔御蔵島に渡って炭焼きを教えたことがあります。その時に悩んだのが、炭窯の作り方をどうやって教えるかということでした。炭窯というのは、外から見たら亀の甲羅のように見えるばかりだし、中に入ったら洞穴に入ったようで、島の人たちにその形を伝えるのはなかなか難しいのです。そこで考えたのが、ちょうど饅頭を切るように炭窯を縦と横に切った図面を描くことでした。そうすれば、窯の形ばかりか、天井の厚さまで書き込むことが出来ますからね。今度もその工夫を取り入れてみたのですよ」

「こうすれば、どこまで掘ればいいかも分りますね」

「それに、土砂の量も計算することが出来ます。全部測量を終えたら、面白い物を作ろうと思っているのですよ」

「何ですか」

「船大工が船の模型を作るでしょう。私もこの港口の五十分の一ばかりの模型を作ってみるつもりなんです」

「そんな物が作れるのですか」

「知り合いに腕のいい左官がいますから、図面を見せれば作ってくれると思います。

そうすれば石川忠房さまにご報告するのも手っ取り早いし、何より工事にかかる時に役に立ちます」

「測量はあと何日くらいかかりそうですか」

「天気が良ければ、五日くらいで終わるでしょう」

「そろそろお江戸が恋しくなったかね」

眠ったとばかり思っていた呑海が、横になったまま声をかけた。

「いえ、そうではないのですが」

船上での生活が落ち着かないのだ。いくら風がないとはいっても、港口から波が打ち寄せるので絶えず揺れている。その揺れにどうしても馴《な》れることが出来なかった。

「鉄さんの泣き所だね」

呑海が苦笑した。

「さて、そろそろ休みましょうか」

平六が船行灯の火を吹き消そうとした。

「ちょっと待って下さい」

鉄之助がそう言って聞き耳を立てた。

船の外から叫び声が聞こえた。波の音にかき消されてはっきりとは聞き取れないが、呑海と鉄之助を交互に呼んでいるようである。

「誰か呼んでいるようだ」

呑海が身を起こそうとするより早く、鉄之助が甲板に走り出た。

「鉄之助さあん、和尚さあん」

波浮姫命神社の真っ黒な境内から、さわの切羽詰まった声が聞こえた。

「どうした」

「おっ父が大変だ。早く来てくれ。早く来い」

声が泣き声で途切れた。

鉄之助は船から岸に渡した板を渡って、境内まで走った。しゃくり上げる声でさわの居場所が分った。気丈なさわがおびえきって泣いている。

「何があった」

「浦方の奴らに、おっ父が殺されるよ。助けてくれ」

さわは体をぶつけるようにして鉄之助をさぐり当てると、その手を取って引っ張っていこうとした。

「鉄さん、俺も行くよ」

呑海が提灯を持って駆け寄った。その灯が闇の中できつね火のように揺れた。

さわの家はクダッチにあった。樵や畑作などをしながら細々と暮らす十数戸の集落の一軒である。萱葺《かやぶ》き屋根を掘っ建て柱で支えた小さな家だった。

家の戸口にはさわの母が魂が抜けたように悄然《しょうぜん》と立ち尽くしていた。

「おっ母、おっ父は」

さわが怒鳴った。

提灯の灯に照らし出された母の顔は、殴られて赤く腫れ上がっていた。

「おっ母、しっかりしろ」

さわが母の肩をつかんで揺さぶった。

「トウシキの鼻だ。浦方の奴らが」

「トウシキの鼻に連れていったんだな」

さわは鉄之助の手を引いて再び走り始めた。

クダッチから真南に下ると、海岸の切り立った岩場に出る。トウシキの鼻とは海に突き出した岬のことだ。その岩場の陰から、たき火でも焚《た》くような炎が見えた。その周りに五、六人の人影がうごめいていた。

「おっ父」

さわはそう叫びながら岩場を駆け降りた。鉄之助の手をしっかりと握ったままである。

岩場を下りると、炎の側に六人の男たちが見えた。その側に炭俵のようなものが転がっている。炎はたき火ではなく、小型の平田船を燃やしていた。

「おっ父、どこだ」

「ここだ」

炭俵のようなものからかすれた声が上がった。

筵と縄で簀巻きにされ、顔は血だらけだった。

「おっ父」

さわは亡骸《なきがら》にでも取り付くように抱き付いた。

「何だ、お前は」

丸太棒を持った若い男が鉄之助に食ってかかった。

「その人を放してやれ」

「なんだと」

「さわの父を放してやれ」

鉄之助はせり上がってくる怒りにめまいを感じながら繰り返した。

「お前は波浮の港に来ている奴だな。他所者は引っ込んでろ」

「この人をどうするつもりだ」

「どうしようが、手前《てめえ》の知ったことか。邪魔しやがると」

男はそう言って丸太棒を振り上げた。

鉄之助は少しも動じない。相手はその巨体に一瞬たじろいだが、数をたのんで打ちかかってきた。鉄之助はよけようともしなかった。

「はっ」

鋭い気合いと共に腕で受けると、丸太棒は真っ二つに折れた。

「この野郎」

男は素手で組みついてきた。鉄之助はその胸倉をつかんで軽々と抱え上げ、燃えさかる船の側に投げ落とした。

他の五人が丸太棒を振り上げて取り囲んだ。その目が殺気にぎらぎらと輝いた。

「よせよせ。あんたらが何人かかったって、その男にゃかなわねえよ」

呑海がそう言って近付いてきた。

「これは島の掟だ。あんたらには関係ねえことだ」

「掟だろうが何だろうが、さわの親父が簀巻きにされて海に投げ込まれるのを黙って見ているわけにはいかねえな」

「船を燃やしたんだ。もう気が済んだだろう」

さわが叫んだ。

「掟を破った奴を見逃すわけにはいかねえ」

一人が叫んだ。

他の一人が丸太棒を振り上げて打ちかかった。

呑海は横に一歩動いてそれをかわすと、ほおげたを殴りつけた。相手はなぎ払われたように倒れ伏した。

男たちはぎょっとして二、三歩後退った。

「畜生、このままで済むと思うな」

倒れた仲間を助け起こすと、捨て台詞を残して闇の中に逃げ去った。

二

浦賀に戻った翌朝、狩野英一郎は不吉な夢で目を覚ました。

どんな夢だったか覚えていない。だが胸が重い物で押さえつけられたような息苦しさを感じ、目覚めた時にはびっしょりと寝汗をかいていた。

英一郎は夜具の上で体を起こしたまま、しばらくぼんやりとしていた。下田での働きが認められ、奉行直々の抜擢を受けた。念願の浦賀復帰もできる。

だが英一郎の心は重く沈んでいた。孫四郎の一言や、実家に帰ったまま十日も家を空けている千恵のことが気にかかっていた。

英一郎は雨戸を開けた。外はようやく白みかけたばかりで、庭の柘植の生垣がうっすらと見えた。三年前に千恵がこの家に来た時、外からのぞき込まれるのが嫌だと言うので植えたものだ。

(いったい何があったというのだ)

千恵は少々気に入らないことがあったくらいで家を空けるような女ではない。何かいさかいがあったのかと訊ねても、母は実母の看病に行ったと言うばかりだった。庭の片隅には、人の背丈ほどの大きな杭があった。木刀での打ち込み用に立てたものだ。

英一郎は浦賀にいた頃、毎朝千本の打ち込みを欠かさなかった。そのために直径が一尺ばかりもある樫の杭の所々が、鉈でえぐったように削り取られていた。

それを見ているうちに、中川福次郎《なかがわふくじろう》のことを思い出した。福次郎は奉行所の与力で、英一郎とは剣技を競った仲だった。

（あいつなら、もう稽古をしているにちがいない）

そう思うと矢もたてもたまらなくなった。

夜着の上に黒小袖を羽織ると、沓脱《くつぬ》ぎに置いたままの草履をはいて庭に下りた。

ひんやりとした風が頰をなでた。

下田に比べると、いくらか涼しく、そして乾いた空気だった。

福次郎の家は西浦賀川ぞいを奉行所の方へ三町ばかりさかのぼった所にあった。

三河以来徳川家に仕えた直参旗本で、五百石の知行を受けている。英一郎の家とは比べ物にならないほどに立派だった。

表門の前に立つと、屋敷の中から福次郎の懐かしい気合いが聞こえた。英一郎は脇のくぐり戸を開けて中に入った。

庭の中央にひょうたん型の池があり、その右手にこんもりとした築山があった。双肌脱ぎになった福次郎は、築山の手前に立てた杭に打ち込みをしていた。六百本、七百本と打ち込んでいると、ほとんど忘我の状態となる。福次郎は英一郎が来たことにも気付かず、鋭い気合いを上げながら打ち込みをつづけた。

「やってるな、中川」

「おお、狩野か」

福次郎が打つ手を止めた。

丸顔で眉の太いきりりとした顔立ちである。肩や腕の筋肉は松の根方のように盛り上がり、薄桃色に染まった肌からは汗がしたたり落ちていた。

「また腕を上げたようだな」

「いつ戻った」

「昨日だ。吟味役下役を申し付けられた」

「聞いたよ。早く戻れて良かったな」

福次郎は手拭いで汗をふき取って、着物の袖に腕を通した。

英一郎が孫四郎らの圧力で下田に左遷されようとした時、体を張って反対してくれたのが福次郎だった。

「ちょっと聞きたいことがあるんだが、邪魔していいか」

「じゃあ、奥の書院へ行こう」

「いや、ここでいい」

英一郎は池の側の丸い石に腰を下ろした。餌付けに来たと思ったのか、黒や赤、錦の鯉が二十匹ほどゆらゆらと集まってきた。

「昨日吟味役下役を申し渡された時、大西孫四郎どのも同席された。その時、私についての妙な噂があると申された」

「うむ」

「その噂はお主の耳にも届いているか」

「届いている」

福次郎は実直な男である。決して嘘をつかないし、私欲のために人を裏切ることもなかった。

「教えてくれ、どんな噂だ」

「俺の口からは言えぬ」

「何故だ」

「こんな噂は、お主を陥れるために誰かが流しているのだ。その噂を口にすれば、俺もその卑劣な奴らと同じことになる」

「私が頼んでもか」

「お主のために、口にしたくないのだ」

「ならば、これだけは教えてくれ。その噂は私自身に関するものか」

福次郎は黙ったまま首を横に振った。

「では、家族についてのものだな」

今度は下唇を噛んでうなずいた。

「妻か、母か」

「あのお二人は俺にとっても大事な方だ。これ以上のことは口にしたくない」

福次郎はそう言うなり立ち上がった。

英一郎が江戸八丁堀の千恵の実家を訪ねたのは、その日の夜だった。

とにかく千恵の口から何があったのかを確かめるしかない。そう決意した英一郎は、奉行所が開くのを待って旅の許可を得、浦賀から江戸までおよそ十七里の道を食事も取らずに歩き続けたのだった。

千恵の父山本善四郎《やまもとぜんしろう》は、英一郎の父の南町奉行所時代の同僚である。板塀を巡らせた家の構えも生活の程度も、英一郎が五歳まで過ごした生家とよく似ていた。

「御免」

表門を入り玄関口に立って声をかけた。

「どちらさまで」

水口の木戸を開けて、千恵の母が姿を現わした。水を汲みに出たところらしく、両手で桶を抱くようにしていた。

「ご無沙汰しております」

英一郎は丁重に頭を下げた。

千恵が戻ったのは、やはり母の看病のためではなかったのだ。

「あの、しばらくお待ちを」

相手はうろたえたように桶を足元に置くと、水口から厨房に入った。

千恵を呼びに行ったのだろう。英一郎はそう思って玄関口で待ったが、出てきたのは黒小袖の上に袖無羽織を着た善四郎だった。

「よう参られた。さあ、お上がりなされ」

善四郎が手招きをした。

今は南町奉行所同心の職を息子にゆずり、何不自由のない隠居暮らしである。そのせいか顔つきがいっそうおだやかになっていた。

「千恵が長い間ご厄介になりまして」

「なにが厄介なものですか。下田からはいつ？」

「昨日戻りました。吟味役下役を申し付けられましたので」

「それは目出度《めでた》い。では浦賀に戻られるのでござるな」

「はい、四、五日中にも引き継ぎを終えて戻ろうと思っています」

善四郎は英一郎を南向きの八畳間に案内した。そこが隠居部屋だった。

「我が家と思ってくつろいで下され。ただ今酒の用意も整いましょう」

「千恵はどちらに」

「たった今、園を寝かしつけに行ったばかりでしてな。じきに参ることじゃろう。実はな、英一郎どの」

善四郎が改まって言った。

「園が風邪をひいて熱を出しましてな。もっと早く帰さねばならなかったのだが、道中無理をしてはとついつい引き止めておったのじゃ」

「そうでしたか」

英一郎はにこやかに笑った。

嘘かも知れぬと思ったが、そんなそぶりは露ほども見せなかった。

「吟味役下役を申し付けられたとなると、下田では余程の手柄を立てられたのでござろう」

善四郎がさりげなく話題を変えた。

「いえ、それほどのこともございませんが」

「さしつかえなければ、お聞かせ願えないかな」

英一郎は下田に喉の切り裂かれた死体が漂着したことから、外浦で松前藩の積荷を発見したこと、伊豆大島に渡って大島屋と白井屋の悪事を突き止めたことなどをかいつまんで話した。

その間に酒肴が運ばれ、酒を飲みながらの話となった。

「なるほど白井屋がねえ」

「ご存知ですか」

「白井屋は江戸にも大きな店を構えているのでな。役向きのことで一度訪ねたことがあった。確か松前藩の商いを一手に請け負っていると聞いたが」

「はい。今度もその特権を利用しての抜け荷でした」

まだ何も解決していないという心残りがあったが、この場でそれを口にすることは出来なかった。

「失礼します」

千恵が酒をのせた折敷を持って入ってきた。

女としては背の高い、なで肩のほっそりとした体付きである。顔立ちは母親に似てすっきりと整っているが、目尻に神経質そうな険しさがあった。

「昨日戻った」

「お役目ご苦労さまでございました」

「吟味役下役を命じられた。明日、私と一緒に浦賀に戻ってくれるな」

「はい」

千恵は何のためらいもなくそう答えた。

英一郎は肩の荷が下りたような晴れやかな気持で盃をほした。

「実はな、婿どの。気がかりなことがある」

千恵が去るのを見届けて、善四郎がためらいがちに切り出した。

婿どのと呼ぶのは酔った時の癖だった。

「何でしょうか」

「千恵から聞いたのだが、浦賀で良からぬ噂が流れているそうじゃ。何か耳にしてはおられぬか」

「いいえ」

「もう二十年も昔のことだが、英高《ひでたか》どのが自害された後、美津どのはまだ小さかった婿どのを連れて実家に戻られた」

英高とは上役の不正を暴こうとして自害に追いやられた英一郎の父だった。名字は伊達《だて》という。英一郎が狩野の姓になったのは、やはり父の同僚だった狩野順平《じゅんぺい》の養子になったからだ。

「婿どのが順平どのの養子となられたのは、それから三年後のことじゃ。あの時は確か」

「八歳でした」

「そうそう。利発な元気の良いお子じゃった。これでわしらも英高どのに報いることが出来ると涙を流したものじゃ」

父が何をしようとして詰腹を切らされたのか、善四郎は決して語ろうとしなかった。だが父一人が罪を負うことで多くの同僚が助かったらしい。

我が子を持たなかった狩野順平は、英一郎を養子として狩野家をつがせることでその恩に報いた。その後順平は浦賀奉行所の拡張のさいに、浦賀へ配属替えとなったのだった。

「ところが、養子縁組のときに不正が行われたという噂が広まっておるのじゃ」

「不正……、どんな不正ですか」

「婿どのもご承知の通り、罪に問われた者の子を養子にすることは難しい。そこで順平どのは、婿どのを美津どのの兄の子と偽って養子縁組の届け出をなされたというのだ」

「まさか」

英一郎の背筋を戦慄が走った。

もしそれが事実なら、英一郎の身分は明日にでも剝奪される。吟味役下役どころか、士分も刀も奪い取られ、無宿人として世にほうり出されるのである。

「もちろん噂にすぎぬ。だがもし事実とすれば、順平どのや美津どの以外に知らぬ事実を暴き出した者がいると考えねばならぬ」

それは届け書を受けつけた南町奉行所の上役の中にいるはずだ。そして二十年もたった今になってその問題を持ち出したのは、何か特別の事情があるからだろう。

善四郎は眉をひそめてそう語った。

(まさか、白井屋が)

追及をかわすために、自分を失脚させようとしたのではないか。英一郎は危機の予感に浮き足立つのを感じながら、めまぐるしく考えをめぐらした。

翌朝、英一郎は千恵と園を連れて浦賀に向かった。

品川、川崎と東海道を西に向かい、保土ヶ谷で南に折れる。女、子供連れでは、どうせ一日で歩ける距離ではない。しかも久々の親子三人の旅である。

英一郎は二人をいたわってゆっくりと歩いた。

「重いだろう。私が背負うよ」

六郷《ろくごう》の渡し船を下りた時、英一郎は園を引き取ろうと手を差し出した。

「いいえ、大丈夫です」

「いいから。園、父が肩車をしてあげよう」

英一郎は軽々と抱き上げて肩車をした。

園は高さにおびえて英一郎の頭にしっかりとつかまった。そのやわらかい手に込められた力は信頼の証である。英一郎の胸を熱い物が貫き、涙があふれそうになった。

「ずいぶんお優しい父上ですこと」

英一郎と目が合うと、千恵は気恥ずかしげにうつむいた。

昨夜二人は一年ぶりの交わりを遂げた。そのなごりが二十歳の千恵の頬を赤らめさせたのだ。

(不思議なものだ)

英一郎は園の重さを両肩に感じながら、こそばゆいような思いをしていた。

昨夜、あれほどの心配事がありながら、千恵との交わりを成した。そして今朝はその心配事ゆえに、かえって家族に濃《こま》やかな情愛を感じている。

それは失うかもしれないという愛惜のためだろうか。自分の頼りない心が、家族の支えを求めているからだろうか……。

英一郎は伊豆大島で見た文七と子供たちの姿を思い出した。そして文七がなぜあれほど家族を大切にしていたかが分ったような気がした。

保土ヶ谷の宿で家族水入らずの一夜を過ごした三人は、翌日の昼過ぎに家に着いた。

玄関口に立った英一郎は気が重かった。狩野順平夫妻が他界した今、真実を知っているのは母しかいない。今日のうちにも真相を確かめなければならないと思うと、胃の腑のあたりに鈍い痛みが走った。

「ただ今戻りました」

声をかけると、待ちかねたように母が出てきた。

「お帰り。千恵さんも一緒でしたか」

千恵を見る母の目は険しかった。

「長い間留守をいたしまして、申し訳ございません」

「もう母上のお加減はいいのですか」

「はい。お蔭様で元気になりました」

「そうですか。英一郎も浦賀に戻ってくることだし、これからは四人で仲良くやってゆきましょう」

「母上、少し相談があるのですが」

「何ですか。今お裁縫の手が放せないのですが」

「では、それが終わってからでも構いません。お手間は取らせませんから」

「いえ、これから伺いましょう。わたくしの部屋に来て下さい」

英一郎は久々に母の部屋に入った。厨房の西側にあたり、英一郎たちの部屋からは最も離れた所にある。美津が息子夫婦に遠慮して自ら選んだ陽当たりの悪い部屋だった。

「相談とは何ですか」

美津がきっちりと正座してたずねた。

「私の養子縁組のことについて、良からぬ噂があることはご存知ですか」

「千恵さんが話したのですね」

「いいえ。善四郎どのから聞いたのです。千恵は何も言いません」

「そうですか」

「もしそれが事実だとしたら、私は明日にでも進退伺いを出さなければなりません」

「その必要はありません。噂されているようなことはないのですから」

「本当ですね」

「あなたはこの母より、誰が流したとも知れぬ噂を信じるのですか」

「いいえ、そうではありませんが」

厳格な母が不正をするとは思わない。だが英一郎の将来を考えて、不正に目をつぶることはありえた。現に英一郎が浦賀奉行所の同心になれたのも、あの養子縁組のお蔭なのだ。

「私は伊達英高の妻です。肉親の情におぼれて不正をするようなことは絶対にいたしません」

美津は凛とした声で言い放った。

どこか釈然としないものが残ったが、英一郎はそれ以上問い詰めようとはしなかった。

翌日、江戸からの帰りを待ち構えていたように奉行所から呼び出しがあった。

四日前に吟味役下役を命じられた対面所には、筆頭与力の大西孫四郎と次席与力二人が待ち構えていた。

「この一月あまり、その方をめぐる醜聞がしきりにささやかれておる。奉行所としてもこれ以上捨ておけぬゆえ、じかに吟味いたすこととあいなった」

上座についた孫四郎が口をきった。

次席与力の一人が記録を取っている。手続きを踏んだ正規の取り調べだった。

「その方もすでに耳にいたしておると思うが、どうじゃ」

「存じております」

「では、その是非についてはどうじゃ」

「養子縁組が行われたのは、それがしが八歳の折のことで、真偽のほどを存じませぬ。また、養父母よりそのようなことを聞いたこともございませぬ」

「知らぬとな」

「はい」

「では、ご母堂になりとたずねて真偽を明らかにするのが、疑いを持たれた者の務めであろう」

「おおせの通りでございます。ですが生母とは申せ、長年別離しておりましたために、互いの気持に隔たった所がございますゆえ」

「確かめておらぬのか」

「おりませぬ」

英一郎は嘘をついた。万一母が嘘をついていたとしたら、その体面を汚すばかりか、己れの恥ともなるからだ。

「では、確かめてみるつもりはないか」

「ご命令とあれば致し方ございませぬ。ですが、母に疑いをかけることは、子の情として忍び難きものがございますゆえ」

「そうか。その孝心感じ入った」

孫四郎は皮肉な笑みを浮かべた。

「だが、役目柄このまま捨ておくことも出来ぬ。そこでひそかに南町奉行所に人をやって、二十年前に狩野順平どのより出された届け書を捜し出した。これがそうじゃ」

孫四郎は懐から一通の書状を取り出した。英一郎は緊張に胃がひきつるのを感じながら、書状を開いた。

『井出《いで》建造《けんぞう》の三男、英一郎を当家の養子と致し』

その文字が真っ先に飛び込んできた。井出建造は母の実兄である。

英一郎は無言のまま届け書を二度読んだ。体から力が抜けていくような無力感と、激しいめまいを感じた。

「どうじゃ」

孫四郎の容赦ない声が頭上で響いた。

「お役目大儀にござりました」

英一郎は全身が寒気に硬直するのをこらえながら、深々と頭を下げた。

すべてが終わったのだ。奉行所での栄達も、父の無念を晴らそうという夢も、千恵たちとの平穏な暮らしも……。

「聞いての通りじゃ。狩野と二人だけで話があるゆえ、その方たちは退出いたすがよい」

次席与力二人が静かに部屋を出て行った。

「さて、ものは相談じゃが」

孫四郎が近くに寄れという仕草をした。

英一郎はその手に吸い寄せられるように間を詰めた。

「そちは奉行所でも指折りの俊英じゃ。わしとてこのような物を表沙汰にして、そちを失脚させたくはない」

「…………」

「だが、にらまれた相手が悪かったのじゃ。直次郎が自殺した時に、白井屋からは手を引くべきであった」

「では、お奉行が」

「就任して一年にもならぬ浦賀奉行に、何が出来るものか。相手はもっと上席のお方じゃ。そちの養父は、その頃属していた御徒士組《おかちぐみ》の組頭にも、同様の届け出をしておる。その書状は、そのお方の手元にある」

浦賀奉行より上となると若年寄か老中。それとも御三家御三卿だろうか。

「わしはそのお方に何とか事を穏便に収めていただくように願った。だがどうしても許してはいただけぬ。そこでどうすればお怒りを解くことが出来るかとたずねた」

孫四郎は言葉を切って黙り込んだ。

「して、何と申されたのでしょうか」

英一郎は藁にもすがる思いだった。

「うむ。伊豆大島の波浮港に秋広平六という者がおる。その者を始末すれば、届書のことは不問に付すとおおせじゃ」

孫四郎はそう言うと、反応をうかがうように英一郎の顔をのぞき込んだ。

三

島役所の敷地内には、広さ三畳ばかりの土牢があった。

鎧櫃《よろいびつ》などを仕舞っておくために作られた土壁の物置だが、島役所を建て直した時に物置部屋を作ったために、臨時の土牢として使っていた。格子窓もない真っ暗な部屋である。

その中に文七は監禁されていた。

塗りごめの壁からはかすかな光も入らない。風も入らない。日中には蒸し風呂のように暑くなり、夜中の冷え込みは厳しい。日に二度食べ物の差し入れがある他は、戸が開けられることもなかった。

文七は壁にもたれたまま、じっと闇を見つめていた。盗賊だった頃は、夜目がきくことから「闇の文七」と異名をとった男である。

最初の一日目は何も見えなかったが、二日目にはぼんやりと壁が見えるようになり、三日目には壁の染みや、這い回る虫までが見えるようになった。

この闇に目が馴れたように、人は何にでも馴れることが出来る。どんな屈辱にも心を切り裂く無念にも、奴隷のような生活にも。

文七は背中に冷え冷えとしたものを感じながらそう思った。

捕えられたとき、文七はかすかに佐吉かお雪が真実を訴え出てくれることを期待していた。だが、三日過ぎても二人は島役所に顔も見せない。しかも尋問にあたった伝八は、お雪が監禁された事実はないと佐吉の家族が口をそろえて証言したと言った。

流人は村の者に屈服し服従する以外に生きる道はない。もし佐吉やお雪が利平らの罪を訴えたところで、村人の恨みをかい、やがて数々の迫害を受けるだけだ。

それくらいなら村人の言いなりになっていた方がいい。佐吉がそう考えたのは無理もないかもしれない。

目が闇に馴れたように、文七は次第にその考えに馴れていった。

(こんなこったから、何も変わらねえんだ)

やりきれなさに突き動かされて、何度もそう吐き捨てた。

四年前に起こった久七《きゅうしち》の惨殺事件が、島に残った流人たちの胸におぞましい記憶として刻みこまれていた。

山城無宿の久七は天明八年（一七八八）に伊豆大島に流罪となり、よごらあ原の北側に小屋を建てて住んでいた。文七の小屋のすぐ近くであり、文七も流罪となって間がなかったので、二人は密《ひそ》かに連絡を取り合うようになった。

ところが久七には盗癖があった。もともと盗みの罪で流されたのだが、伊豆大島に来てもその癖が抜けなかった。

天明八年といえば天明の大飢饉の余韻さめやらぬ頃である。島民の中にさえ飢えて死ぬ者が出るほどで、流人がまともな食料を得られるはずもなかった。

そのため久七は島民の家に忍び込んで盗みを働くようになり、ついに島役人に捕えられた。

最初は飢渇に迫られての犯行ということで敲《たたき》の刑だけで許されたが、その後も盗癖は収まらない。二度三度と罪を重ねるうちに、島民ばかりか流人たちからも村八分にされてしまった。

寛政七年（一七九五）二月、久七は村人の家に盗みに入った所を発見され、長根岬の先端にある岩窟に逃げ込んだ。弥助が隠れたのと同じ場所である。そこで数日間身をひそめていたが、たまたま海老を取りに来た村人に発見された。

知らせを受けた島役人の田畑は、久七の処理を流人頭の長次郎《ちょうじろう》に任せた。この翌年に文七が島に残りたいと訴え出た時には情に通じた計らいをした田畑も、盗みを繰り返す久七には非情だった。

田畑の命を受けた長次郎は、二人の流人とともに長根岬の久七を捕え、半殺しの目にあわせたうえに生き埋めにした。

ところが久七はその穴から自力で這い出し、村人の家に押し入って食料と金と衣服を盗んだ後、島を脱出するために漁船を奪おうとして捕えられた。

知らせを受けた田畑は、村人に久七を死罪とするように命じた。

久七を忌み嫌っていた村人たちは、掟通りに久七を簀巻きにし、泉浜の北にある赤禿の鼻と呼ばれる絶壁から突き落とした。

そればかりか、久七に暴行を加えた罪によって長次郎ら三人の流人を新島と三宅島に島替えに処したのである。流人同士を争わせてその数を減らす非情な処置だった。

五日目の夕方、差し入れがあった。

「ほら、女房からだ」

食事を運んできた忠兵衛が、差し入れ口から汚ない物でも扱うように風呂敷包みを投げてよこした。末息子の源作が瀕死の重傷を負わされただけに、忠兵衛は冷酷だった。

文七は床に転がる包みを見つめた。それは闇の底にうずくまる獰猛《どうもう》な獣のように文七をおびえさせた。

妻からの差し入れにどうしておびえるのか、文七にも分らなかった。ただ背骨までが凍えるような寒々としたものを感じながら、半刻（一時間）ばかりもじっとしていた。

腹が減っているのに、食事に手をつける気にもなれなかった。

（俺はどうなっちまったんだ）

ふっと我に返った文七は、胆汁でもこみ上げてきたような苦々しい笑いをもらした。

包みを手に取った。思いの外に軽かった。震える手で結びを解いた。小袖二枚を縫い合わせて作った綿入れが出て来た。二枚ともお高が大切にしていたものだ。

袖を通してみた。襟首にふんわりと柔らかいものが触れた。手でつかむと弾力がある。鼻を寄せるとかすかに椿油の匂いがする。

髪だった。文七の身を案じて、襟首に髪を縫い込んでいたのだ。

文七は椿油の匂いを胸一杯に吸い込んだ。なじみ深いお高の匂いである。

ふいに哀しみが突き上げてきた。

鼻の奥にきな臭い痛みが走り、涙があふれた。文七は声をたてて泣いた。四日間堪えつづけたものが、堰を切ったようにあふれてきた。

「開けろ。開けてくれ」

文七は両手で扉を叩いた。このままでは二度と妻や子供たちに会えなくなる。背中を焼かれるような焦燥にかられて、狂ったように叩いた。

だが、扉は重く閉ざされたままである。文七は血のにじんだ両手を扉についたまま、がっくりと肩を落とした。忍耐の心棒が、音をたてて折れた。

こうなることは分っていた。家族への思いが、今のこの現実をいっそう耐え難いものにするという予感が、包みを開けることをためらわせたのだ。

衝撃は予想をはるかに超えていた。

(たとえ村人を皆殺しにしてでも、お高と子供たちを守ってやる)

冷たい壁にもたれかかったまま、文七は復讐の牙をといだ。

そのためには、何としてでもここを出なければならない。その方策を思いついた頃には、一番鳥の声が遠くから聞こえてきた。

「おい、お役人に会わせてくれ」

差し入れ口から朝の食事を入れようとした忠兵衛の手を、文七は素早くつかんだ。

「こいつ、放せ。放さんか」

忠兵衛は足を踏んばってその手をふりほどこうとした。差し入れ口は幅一尺、高さ半尺ほどの小さなものだった。

「会わせてくれるまで放すものか。さあ、今すぐ村上とかいうお役人を呼べ」

「痛たたっ。乱暴すると、罪が重くなるばかりだぞ」

「死罪は覚悟の上だ。その前にどうしても確かめたいことがある。もし呼ばないのなら」

文七は満身の力を込めて腕を引いた。忠兵衛は差し入れ口に肩先まで引きずり込まれた。恐怖にあえぐ息づかいが、扉越しに聞こえた。

「呼ばないのなら、この腕を叩き折るぞ」

「待て。呼ぶ。呼ぶから放せ」

「このままで大声を出せ」

「ここからでは、役所まで聞こえん」

「一番鳥が聞こえたんだ。聞こえないことがあるか。さあ、村上さまを呼べ」

文七は腕をねじった。忠兵衛はぎゃっという悲鳴を上げた。

「待ってくれ。村上さま。村上伝八さま」

忠兵衛が叫び声を上げた。枯れたようにやせ細った体のどこから出るのかと思えるほど、大きな声だった。

「どうした。何ごとだ」

「この流人めが、このような狼藉《ろうぜき》を」

忠兵衛があえぎながら救いを求めた。

「これ、文七。忠兵衛を放してやれ」

「話を聞いていただければ、すぐに放しましょう」

文七は大きな息をひとつして、そう切り出した。

「貴様、何を」

「佐吉とお雪に一度だけ会わせて下さいまし。もし二人が薪小屋でのことはなかったと、あっしの前でも言い張るのなら、おおせの通りにいたしましょう」

「おおせの通りだと」

「はい。島替えでも死罪でも、存分になさって下さいまし」

伝八は黙り込んだ。本人否認のまま罪に落としては、後々問題になるおそれがある。あの二人に会わせることで罪を認めるのなら、その方が都合が良かった。

「分った。では明日の午後、対面を許す」

「きっとでございますね」

「武士に二言はない。だが、二人の言い分をその目で確かめたなら、いさぎよく罪を認めるのだぞ」

「承知いたしております」

文七は忠兵衛の腕を放した。

翌五月八日の午後、文七は後ろ手に縛られ、腰縄を打たれて、土牢から引き出された。

外は快晴である。闇になれた目には、あたりが白い光を放って輝いて見えた。目をきつく細めなければ、光が強すぎて瞳の奥が痛んだ。

「きりきり歩け」

警備のためにかり出された屈強の村人が、両側から文七の腕を取って引っ立てた。

「お天道さまの光が強過ぎて、目が見えねえんでさあ」

文七は目をつぶったままよろよろと歩いた。その間にも手にした碗のかけらで、手首の縄を切ろうとした。昨夜、食事時に打ち割って手に入れたものだ。

「ちっ、もぐらじゃあるまいし」

村人が仕方なさそうに舌打ちをした。

島方役所の中庭に連れて行かれた頃には、目が大分明るさに馴れていた。手首の縄も半分ばかり切れて、力を入れれば引きちぎれるほどになっていた。

中庭が臨時のお白洲だった。書院の襖が取りはずされ、村上伝八が裃姿で端座していた。中庭の右手には大島屋庄右衛門と村の名主と年寄が立ち合い人として臨席していた。

中庭の真ん中には佐吉とお雪が座り、三間ほど離れた所に大島屋の手代の松太郎《まつたろう》ともう一人の男が座っていた。利平と源作は重傷を負い、出席できる状態ではなかった。

文七は佐吉の隣に引き据えられた。一瞬佐吉と目が合った。佐吉はうろたえて目をそらした。

「これより流人文七の狼藉の一件について吟味いたす」

伝八が少し上ずった声で言った。

顎の張った顔が緊張のために上気していた。村の有力者を立ち合い人としての吟味など、島役所に赴任してから初めてのことだった。

「大島屋の手代松太郎ほか三人の申し立てによれば、仏の鼻近くの薪小屋で酒をくみ交わしていた折、流人文七が突然乱入し、四人に乱暴を働いて半死半生の目にあわせた。中でも大島屋の手代利平は、右の手首、左の二の腕、肋骨二本、前歯四本を折られた。松太郎、以上の申し立てに相違ないな」

「はい。その通りでございます」

「これに対して文七は、四人が流人佐吉の娘雪を一月以上にわたって監禁し、なぐさみ物にしていたゆえに、雪を助け出すために小屋に乱入したと申し立てておる。文七、そうだな」

「左様でございます」

文七は短く答えて手首の縄のゆるみ具合を確かめた。

伝八が佐吉やお雪に言い含めて嘘をつかせるだろうとは、佐吉との対面を願った時から予想していた。

「ところが佐吉と雪は、監禁されて辱しめられたことなどないと言う。佐吉、相違ないな」

「おおせの通りでございます」

佐吉は文七をチラリと見た。その額に汗が浮かび、陽をあびて光った。

「もう一度たずねる。文七の申し立てるような事実はなかったのだな」

「はい。娘はこの一月半、ずっと家におりました」

佐吉の声は低く、かすかに震えていた。

「どうじゃ文七。これで得心がいったか」

「佐吉は村人の仕返しを恐れて、嘘をついているのでございます」

「黙れ。その方は二人の言い分をその目で確かめたなら、いさぎよく罪を認めると申したではないか」

「では、お雪にたずねて下さいませ。あの小屋であの四人にどんな目にあわされたか、一番良く知っているはずでございます」

文七はもう一度手首の縄の具合を確かめた。

力を入れれば、いつでも引きちぎることが出来る。後は脱出の方法だ。この囲みを破るには、人質を取るしかない。伝八が手出しの出来ない人質を……。

文七は立ち合いの三人をちらりと見た。窮屈そうに床几に腰を下ろしている大島屋こそ、格好の獲物だった。

「では雪にたずねる。文七の申し立てているようなことはなかったのだな」

伝八は口元にかすかな笑いを浮かべた。

お雪は目をふせたまま黙り込んでいた。長い髪を襟首のあたりで結び、無雑作に背中まで垂らしていた。

「どうした。返答いたさぬか」

伝八がうながした。佐吉がお雪の肩をそっと押した。お雪は顔を上げると文七をちらりと見た。

「返答せよ。文七の申し立ては偽りだな」

「はい」

お雪ははっきりとそう答えた。感情のこもらない低い声だった。

「文七、聞いての通りじゃ。佐吉、雪の両名はこれにて退席いたすがよい」

伝八が相好を崩して、大島屋と目を見交わした。

佐吉とお雪が立ち上がった。

文七は険しい目で二人を睨んだ。

佐吉はたじろいで目をそらしたが、お雪はまともに見返した。その目は憎悪に血走っていた。

文七は縄を引きちぎろうとした。

だがお雪の憎悪は文七に向けられたものではなかった。

「殺してくれりゃ良かったんだ」

お雪はギラギラ光る目で松太郎らをにらみながらつぶやいた。

「この獣どもがあたしに何をしたか知っていたなら、一人残らず殺してくれりゃ良かったんだよ」

そう叫ぶと、中庭に敷きつめられた小石を拾って二人に投げつけた。

「お雪、やめろ。気でも狂ったか」

佐吉が後ろから抱きついて止めようとした。

「狂ってるのはお父だ。あんな目にあわされて、何でこんな奴らの言いなりにならなきゃならないんだ」

お雪は佐吉の腕をふりほどき、

「殺してやる、殺してやる」

そう叫びながら石を投げつづけた。

四

昼食を終えると、秋広平六はお茶を飲む間も惜しんで港口まで出て行った。

測量も八日目をむかえ、十五間ばかりを残すだけとなっている。十数人の人夫たちは、神社の境内に横になって昼寝していた。

鉄之助は境内の石に腰をおろして、馬の尻毛をより合わせていた。その先に釣り針をつけ、竿の木綿糸に結び付ける。そうすれば針が海底の岩などに引っかかった時でも、馬の尻毛が切れるために糸を失わずにすむ。

テグスの代わりである。その強さはより合わせる毛の本数で調節することが出来た。

「うまいもんだな」

さわが肩ごしにのぞき込んだ。その手に洗濯物を入れた籠を持っていた。

「頭に教えてもらったんだ」

鉄之助はさわの息が首筋にかかるのを感じて落ち着かなかった。

「じゃあ、俺にも教えてくれ」

さわは鉄之助の気持などお構いなしに、ますます体を寄せてきた。

「覚えてどうする」

「いつかおっ父に作ってやるんだ」

「釣りは禁じられているんじゃないのか」

「ああ」

さわが怒ったように答えた。

伊豆大島には五つの村がある。そのうち新島村、岡田村は浦方、野増《のまし》、泉津《せんづ》、差木地の三村は山方と呼ばれていた。

船を持つことが出来るのは浦方の二村だけで、山方の三村は漁に出ることも廻船業にたずさわることも許されていなかった。

流人の逃亡を防ぐために定められたらしいこの掟が、数百年の間山方の者たちを貧しさに縛りつけ、浦方と山方の間の厳しい差別を生んでいた。

　さわの父が浦方の者たちに簀巻きにされ、船を焼かれたのも、この掟に反したからだ。

「だけどな。ここに立派な港が出来りゃ、そんな掟はなくなるとおっ父が言ったぞ」

「そうなるといいな」

「なるとも。だから俺たちは一生懸命働いているんだ」

「おっ父の具合はどうだ」

「もう良くなった。明日から仕事を手伝うと言ってたぞ」

「指が折れているんだ。無理しないがいい」

「殺されたと思や、指の一本や二本なんでもねえ。それより着物を脱げ」

「えっ」

「おっ父のと一緒に洗ってやる。早く脱げ」

　さわは足元に籠を置くと、鉄之助の小袖を脱がせにかかった。

「いいよ。自分でやる」

「汗臭いぞ。何日も洗っていないだろう」

もう三日も洗っていなかった。伊豆大島には小袖と裁っ着け袴を二枚持参しただけで、寝る時にも着ていたので、汗と潮の混じったすえた匂いがしていた。

「じゃあ、着替えてから持っていく」

「乳が出てるわけでもねえのに、恥ずかしがることがあるか」

さわは構わず小袖をはぎ取った。筋肉の盛り上がった肩や胸、数カ所に残る生々しい傷跡があらわになった。

昼飯の後片付けをしていた女たちが、一斉に好奇の目を向けた。

「あらまあ、お前もずいぶんやられたんだな」

さわは馬の背中でも叩くように肩口をぴしりとやると、鉄之助の小袖を籠に入れて波打ち際の洗濯場に下りていった。

替えの小袖を着て伊勢庄丸から下りようとした時、港口に出ていた平六が平田船をこぎ寄せてきた。

「鉄之助さん。ちょっと手伝ってくれませんか」

「どうしました」

「東側の港口に大きな岩があるんです。その幅を計ってみたいんですが、みんなはまだ昼寝の最中なので」

「今下ります」

鉄之助は船側に吊るされた縄梯子を伝って平田船に乗り移った。平六は慣れた櫂さばきで船を東側の岸に着けた。

「この下です」

平六が船の真下をさした。澄みきった海をすかして赤黒い岩が長々と横たわっていた。

幅三間ほどもある岩が、港口に向かって二間ばかりも突き出している。赤黒い巨大な岩は、波浮開港に立ちはだかる魔物のようだった。

「三原山の溶岩が固まって出来た岩ですからね。こんなことがあるとは思っていたんだが」

平六が測量竿を立てた。水深が六尺ばかりあった。

「これではいくら鉄之助さんでも無理ですね。潮が引くのを待ちましょう」

「ここに竿を立てておけばいいのですか」

「ええ。そうしてもらえば、私が岩の向こう側に船を寄せて竿を立てます」

「やってみましょう」

鉄之助は縄を結んだ竿を受け取って海に入った。

爪先立つと、鼻から上がかろうじて水面から出た。水は思いがけないほど温かい。たびをはいてない足を、小魚たちがつっ突いた。

平六は船をこいで岩の反対側に竿を立てた。

「三間半です」

縄をぴんと張って目盛りを読んだ。水の上から見た感じより、はるかに大きかった。

「問題はどこまで根が深いかだが、これは掘ってみなければ分りませんね」

平六が険しい表情のままつぶやいた。

松の枝で支えた竿に洗濯物を干していたさわは、全身ずぶぬれの鉄之助を見ると嬉しそうに近付いてきた。

「ちょうどいい。そのだぶだぶの股引きも洗ってやるから脱げ」

だぶだぶの股引きとは、鉄之助がはいている裁っ着け袴のことである。

「これはいい。じきに乾く」

「待て。風邪でもひいたらどうする」

「竈の火であぶるから大丈夫だ」

「俺が嫌いか」

　さわが栗鼠のような目をうるませてにらみつけた。

「そんなことがあるか」

　鉄之助はまごついてそう答えた。

　一瞬甘くうずくような痛みが胸を走った。これまで経験したことのない痛みだった。

「じゃあ、どうして言うことをきかねえ」

「涼しくて、ちょうどいいんだ」

　鉄之助はそんな出任せを言って波浮姫命神社の境内に上がった。

　ちょうどその時、クダッチからの坂道を三人の男が下りて来た。紫房の十手をさした武士と、漁師らしい若い男が二人である。その一人に見覚えがあった。三日前の夜、さわの父を襲った男だ。

相手も鉄之助に気付いたらしい。同心らしい武士に身を寄せて何事かをささやいた。

顎の張った強情そうな武士が、居丈高に言った。

「責任者に会いたい」

「誰だ。あんたは」

「その方ごときに名乗る必要はない。責任者に取り次げ」

「私が工事の一式引受人を命じられている秋広という者ですが」

平六が境内に上がってきた。

さわや炊き出しの女たちも集まってきた。

「わしは島役所の同心、村上伝八じゃ。本日は御用の儀があって参った」

「どのようなご用件でしょうか」

「クダッチの藤助《とうすけ》をかくまっておるらしいな」

「かくまっているわけではございません。藤助さんの怪我がひどいので、手当てをしているのでございます」

数カ所に傷をおったさわの父は、境内の片隅の小屋で寝泊りしていた。いつまた浦方の者に襲われるか分らないからだ。

「そうか。ではすぐに当方に引き渡してもらいたい」

「どうしてでしょうか」

「山方の者は船を所持してはならぬというのが島の掟じゃ。藤助は掟を破った。ゆえに制裁を受けねばならぬ」

「渡しちゃならねえ。渡したらおっ父は殺される」

さわが叫んだ。

十人ばかりの女たちも、険しい目で伝八と二人の男を見つめた。

「先日藤助さんは数人の男に襲われ、殴る蹴るの暴行を受けた上に簀巻きにされて海に投げ込まれそうになりました。制裁とはあのようにすることでしょうか」

「そのようなことは島民が決することだ。島外の者の関知すべきことではない」

数日前に文七を罪に落とそうとして失敗した伝八は、新島村の村役から藤助の始末を頼まれ、失地回復の好機とばかりに勢い込んでいたのだった。

「いかに掟とはいえ、お役人が人殺しの手伝いをなさるのでございますか」

平六は一歩も引かなかった。

「そうだそうだ」

「いつも浦方の言いなりじゃないか」

取り巻いた女たちが口をそろえて批難の声を上げた。

「黙れ黙れ。韮山代官どのよりこの島の治安の維持を任されているわしが、掟を破った者の取り締まりに当たるのは当然ではないか。これ以上手向かうようなら、その方らも捨ておかんぞ」

伝八は十手を突き出して怒鳴った。

「そいつはちょっとおかしいんじゃねえのかい」

そう言ったのは、腕組みをしたまま様子を見ていた呑海だった。

「何だ貴様は」

「そちらの若い衆とは顔見知りの者だがね」

呑海が若い男を見てにやりと笑った。

「伝八さん。あんたも代官所の同心なら、土地の掟が幕府の主法に優先することはないということは知っていなさるだろう」

「もちろん、知っているとも」

「掟をめぐる争いが起こった場合、役人は中立の立場をとれと教えられなかったかね」

「そ、それは」

伝八は顔を赤らめて言い淀《よど》んだ。

掟や慣習、水利などをめぐって当事者間の争いが起こった場合、役人は調停に尽力こそすれ、一方に加担してはならない。伝八の行為はこの不文律に反していた。

「しかし、当地には当地の事情がある。掟を遵守するのは、島役所の長年の慣習じゃ」

「そいつもおかしいな。当事者間の争いに介入しないという原則は、どこへ行っても守られるべきものでね。嘘だと思うなら、南町奉行所へ行って御仕置類例集を見せてもらうといい。袖の下をもらって一方に加担したために、切腹を申し付けられた例がいくつもあるから」

「貴殿は、いったい」

ただ者ではないと思ったらしい。伝八の横柄な態度ががらりと変わった。

「なあに、ただの出家さ。しかし、あの二人はれっきとした勘定奉行配下の御普請役だ。不穏当なことがあれば、勘定奉行から韮山代官へ抗議の申し入れがあるだろうね」

呑海が伊勢庄丸を指した。甲板上では普請役の二人が腕組みをして様子を見ていた。

「拙者はただ、掟を破った村人をめぐって不穏な動きがあるので、取り調べに参っただけでござる。では、これにて御免」

伝八は額の汗をふくと、足早に坂を登っていった。

翌朝、鉄之助はさわに頼まれて水を集めに行った。

昨夜五日ぶりに少量の雨が降った。椿や松の根方に置いた素焼きの甕には、幹から縄を伝って落ちた水が底から三寸（約九センチ）ばかりの深さまでたまっていた。

さわはひと抱えもある甕を頭の上に乗せて山道を楽々と歩いた。森の奥まで行き、甕の水を集めながら帰ってくるという。

鉄之助は天秤棒で桶を担いでその後に従った。

クダッチからしばらく坂道を登ると、竹の林が途切れて急に視界が開けた。

十五丈（約四十五メートル）ばかりの断崖の下に、波浮港が丸く見える。そこから腕でも伸ばしたように港口の浅瀬がつづき、外海とつながっていた。

遠くに利島や新島が見える。真っ青な海が、朝日を受けてきらきらと輝いていた。

「いい眺めだろう」

さわが海から吹き上げてくる風に目を細めた。額には玉の汗が光っていた。

「美しいな」

鉄之助が応じた。こんなに美しい海を見たのは初めてだった。

「さあ、水を集めながら帰るぞ」

さわに従って森に入ろうとした時、鉄之助は急にめまいを感じた。地面が左右に揺れているのだ。

「御神火《ごじんか》だ」

さわが叫んだ。

三原山が鳴動し、島を揺すぶっていた。獣のうなり声のような地鳴りが聞こえ、竹の林がさわさわと揺れた。

鉄之助は全身が粟立つような恐怖にかられて、竹の幹にしがみついた。

「さわ、先に帰れ」

きた。

「すぐにおさまる。案外臆病だな」

三原山の鳴動に慣れたさわは、鉄之助の意外な弱点を見ると嬉しそうに近寄ってきた。

「来るな。早く帰れ」

体の奥底から凍り付くような恐怖がじわじわとせり上がってきた。

それはちょうど潮が満ちていくようにゆっくりと、だが確実に鉄之助の全身を満たしていった。

鉄之助は歯を喰いしばって耐えようとした。ここで狂えばさわが危ない。その一念で竹の幹に回した手を必死に握りしめた。

「馬鹿だなあ。すぐにおさまるって」

さわが母親のように背中を抱いた。

「頼む。早く……」

激しいめまいが、頭の芯を直撃した。脳天を殴られたような衝撃があり、意識がふっと遠のいた。

その瞬間、脳が白熱したように熱くなり、目の前にぱっと記憶がひらめいた。

激しい地鳴りと天井が崩れ落ちるほどの地震の中で、鉄之助は逃げ回っていた。恐怖のあまり泣くことさえ出来ずに、黒光りする長い廊下を懸命に走っていた。

大きな屋敷のそこここから火の手が上がり、あたりは真っ黒な煙におおわれている。その煙の中から、白刃をふりかざした武士たちが襲いかかった。

幼い鉄之助は中庭に転げ落ち、床下にもぐり込み、納戸の中に隠れながら、必死で誰かを捜していた。その人さえ捜し出せば助かる。その一念で懸命に捜し回った……。

鉄之助の意識はそこでぷっつりと途切れた。

我に返った時には、さわを組み敷き、豊かな乳房の間に顔をうずめていた。はっと顔を上げると、強烈な平手打ちがきた。

「この人でなし」

さわはそう叫んで起き上がると、泣きながら竹の林を駆け抜けていった。

鉄之助は頭に手を当てた。べっとりと血がこびりついた。足元に血のついた石が転がっている。組み敷かれたさわが、力任せに殴り付けたらしい。

鉄之助はひと握りもある石を拾い上げると、茫然と見つめながら立ち尽くした。

五

居間の文机に座った大島屋庄右衛門は、帳簿と首っ引きで算盤を入れていた。屋敷は寝静まっている。行灯の炎がゆらめき、襖に映った庄右衛門の大きな影が左右に揺れる。よどみなく弾く算盤の音が、静まりかえった居間に響いた。

大島屋は壊滅の危機に瀕していた。

店を任せきっていた番頭の庄助は、抜け荷の罪を負って自殺し、奉公人の中からも二人の罪人を出した。明神丸を失い、白井屋との付き合いも断たれた。先行きを危ぶんで離れていく水夫たちも多い。

まさに八方塞がりだが、その危機がかえって庄右衛門をふるい立たせた。およそ十年の間無為徒食に日々を過ごした庄右衛門は、再び商いの最前線に戻ったのだ。戻ってみると美食好色に明け暮れた頃よりはるかに充実感があった。

人とは不思議なものだ。

美食に慣れると、さらなる美食を求めて慢性的な不満におちいる。ところが、本当にうまいのは餓えたときの一膳の粥《かゆ》、渇ききったときの一杯の水なのだ。

庄右衛門は崖っぷちの窮地に追い込まれて初めて、そのことに気付いた。

前線に復帰した庄右衛門がまず手をつけたのは、この五年間の帳簿をすべて調べ直すことだった。二十日あまりぶっ通しで算盤を入れてみて、店に思いがけないほどの貯えがあることが分った。

表向きの帳簿では、島方会所と伊豆七島の間の廻船業でわずかの利益が上がっているにすぎなかったが、白井屋との取り引きを記録した裏帳簿の残高は千両を超えていた。

白井屋とのおおやけに出来ない取り引きを始めてから、毎月五十両もの金が積荷の売りさばきの利益とは別に支払われていた。

年に六百両。三年で千八百両になる。庄右衛門はその事実を知って、しばらく息も出来ないほどの衝撃を受けた。

積荷の横流しだけで、これほどの金が動くわけがない。何かもっと大きな、巨大な利を生む不正に庄助は関わっていたのだ。

「それを話せば、店の者が皆殺しにされます」

死の直前に庄助が残した一言が、今更のように胸に迫ってきた。

（お前の死を無駄にはしない）

庄右衛門は算盤をはじきながら、何度もそうくり返した。

廻船業にかわる新たな事業の構想が着々と練り上がっている。庄助が残した千両は、大島屋再生の切り札だった。

「あなた、まだお休みにならないの」

緋色の長襦袢を着たお玉が、箱枕をかかえて入ってきた。

「ああ、もう少しだ」

「この頃、冷たいのね」

「店が潰れるかどうかの瀬戸際だからね。お前は先に休みなさい」

「こんな店、潰れたっていいじゃない。船も屋敷も売り払って江戸にでも出ましょうよ。小さな茶屋でもやればいいわ」

お玉は緋色の長襦袢を脱いで庄右衛門の布団にもぐり込んだ。庄右衛門は裸の肩口にちらりと目をやった。

「あたし今夜はなんだか我慢できなくて」

「明後日、村の寄合いがある。それまでにやっておかなければならないことがあるんだよ」

「あなたってそういう人だったの」

「何が」

「浅草に来た頃はもっと小粋な人だったのに、これじゃ商人丸出しじゃないの」

「新しい商売を始めようと思うんだ」

庄右衛門は算盤の手を止めてふり返った。

お玉は腹ばいになったまま、熱でもあるような潤んだ目を向けた。

「この島の近くには豊かな漁場がたくさんある。鰹や鯖、鯵などが取り放題だ。この魚を新鮮なうちに江戸に運べば、大儲け出来ると思わないか」

「それが出来ないから、干物やくさやにしているんでしょう」

伊豆大島から江戸まで運ぶのに、早くても二、三日かかる。天候が悪くて途中の港に停泊するような場合には何日かかるか分らない。魚を運んでも鮮度が落ちて買い叩かれたり、時には腐って海中に捨てざるを得なくなった。

そのため干物やくさやにして出荷する方法が取られてきたのである。

「これまでは廻船を使っていたから、駄目だったんだ。廻船だと船足も遅いし、他の積荷の積み下ろしの手間もかかる。だから魚専用の小早船を仕立てて運べばいいんだよ」

「小早船？」

「ああ、船足を速くするために船体を軽く細くした船だよ。この船に熟練の漕ぎ手を八人ばかり乗せれば、一日か一日半で江戸に着く」

この船の運航にさえ成功すれば、傾きかけた大島屋を一挙に立て直すことが出来る。庄右衛門はそう確信していた。

「このことを今度の寄合いではかってみようと思うんだ。だから費用や人数をはっきりさせなくちゃならないんだよ」

「じゃあ、今夜も駄目ってことね」

お玉が餌を取り上げられた猫のようにうらみがましい顔をした。

仕事に没頭し始めてから、庄右衛門はそれまでの好色が嘘のように房事から遠ざかっていた。

「寄合いが終わるまで待っておくれ」

「なんだかくさくさするわ。ねえ、利平と松太郎はどうなったの」

二人ともお雪に凌辱《りょうじょく》を加えた大島屋の手代だった。

「手鎖三十日を申し付けられた。村上さまがうまくけりを付けて下さるはずだったが、駄目だったんだ」

「どうしてあんなことを」

「庄助に命じられたと言っていたが、嘘だろうな。庄助は下田の御用所の同心が島を離れるまで、あの厄介女を監禁しておきたかっただけで、なぐさみ物にしろとは言わなかったはずだ」

「四人で何をしたの」

「まあ、いろいろだろうな」

「ねえ、聞いたんでしょう。教えてよ。若い娘を一月あまりも監禁してなぐさみ物にするなんて、思っただけでぞくぞくしてくるわ」

「お前はなんだか慎みがなくなったね」

「あなたが十日も二十日もほったらかしておくからじゃないの。つまらない商人なんかになるからよ」

「何を言ってるんだ。お前に楽をさせたいからこうして」

「嘘おっしゃい。あなたは仕事に夢中になって、あたしが欲しくなくなったんだわ。ちがうというのなら、ここに来て抱いてごらんなさいな。さあ、こうして待っているんだから」

お玉は掛け布団を蹴飛ばすと、薄桃色の腰巻きをめくり上げた。

庄右衛門はぞくりとして目をそらした。その反応をお玉は見逃さなかった。

「ほらね。あなたにはもうあたしを喜ばす力もないのよ。ああ、あたしも利平や松太郎に監禁されて、思うさま犯されてみたいわ」

お玉は悔しまぎれに緋色の長襦袢を投げ付けると、腰巻きひとつで自分の部屋に駆け込んだ。

寄合いが開かれる五月十三日の昼頃、庄右衛門は一通の文を受け取った。伊勢屋庄次郎の動きをさぐるために、江戸の島方会所に派遣していた手代からのものである。庄右衛門は文に目を通すと、眉根をけわしく寄せたまま懐にしまった。

寄合いは船宿の「淡路屋」で開かれた。

参加者は伊豆大島名主の立木《たちき》六郎兵衛《ろくろべえ》、地役人の藤井《ふじい》内蔵助《くらのすけ》、年寄二人、廻船の株主八人、それに島役人の村上伝八だった。

「本日お集まりいただきましたのは、波浮の港の工事についてどう対応していくかを決するためです」

六郎兵衛が口を開いた。全島の行政を司っている温厚な老人だった。

「先日勘定奉行の石川忠房さまから、波浮の港口の開削工事の計画があるので、島としても協力してもらいたいという要請がありました。また、皆様もすでにご存知のことと思いますが、御普請役の一行が実地検分のために波浮に入っておられます。島として開港に協力するのか、それとも何らかの方法を用いて反対の働き掛けをしていくのか、態度を決すべき時期に来ていると思います」

「名主さまは、今度の工事が伊勢屋庄次郎の肝入りだということをご存知でございますか」

廻船株主である民五郎《たみごろう》がたずねた。

伊勢屋の名を出すことが全員にどんな影響を与えるか知りつくした、物々しい口ぶりだった。

「石川さまから通知がありました」

「伊勢屋は波浮港を開くことで、伊豆七島の産物を一手に握ろうとしているのです。そうなれば伊豆大島の廻船業は立ちゆかなくなります」

その考えを民五郎に吹き込んだのは庄右衛門だった。堅実な廻船株主として信望を集めている民五郎に反対の口火を切らせれば、皆の賛同を得やすいからだ。

「波浮港を開くのは、主に蝦夷地や奥州からの廻船の便を考えてのことで、伊豆七島のみに限ったことではありません」

「確かに表向きの理由はそうかもしれません。しかし、伊勢屋のねらいは波浮港を拠点として伊豆七島の産物を独占することにあるのです。表向きは立派な理由を持ち出してお上を動かし、裏に回って抜け目のない商いをすることは、島方会所を開いた時のやり口と同じではありませんか」

島方会所を開くように幕府に求めた時、伊勢屋庄次郎は大島屋や島屋の産物独占を排し、幕府の管理下で誰でも自由に産物を商うことが出来るようにするためだと申し立てた。

ところがいざ自由化してみると、伊豆七島の産物の大半は周到な根回しをおえていた伊勢屋が扱うようになり、他の廻船業者の付け入る隙はなかった。しかも島宿の経営まで我が物とする抜け目のなさである。

この件では誰もが煮え湯を飲まされただけに、伊勢屋に対する反感は根強かった。

「しかしじゃな。波浮港に蝦夷地や奥州からの船が入ってくるとなれば、島の繁栄にも繋がることじゃないかな」

藤井内蔵助が口を開いた。

「奥州方向の廻船がすべて入港するのなら、入港税だけでも年間五百両は下るまい」

「それに風待ちの間の水夫たちの飲み食いの銭も落ちる」

「差木地あたりに花街を作るという手もあろう。下田の繁栄がそっくり波浮に移ってくるのなら、島のためにも結構なことだ」

廻船株主たちが口々に言った。

伊勢屋に押されて廻船業に行き詰まっていた彼らは、新たな収入の道を必死に模索していた。

「しかし、それでは島法はどうなります。波浮港に多くの船が出入りするようになれば、山方の者にも廻船や漁を許さざるを得なくなりましょう」

民五郎が声を荒らげた。島法とは島の掟のことである。

「現にこの間も、小船を使って漁をしていた差木地の者に制裁を加えようとしたところ、江戸者が邪魔をしたというじゃありませんか」

「その件については、村上さまがご存知だと思うが」

六郎兵衛が伝八に説明をうながした。

「一昨日波浮を訪ねてその者の引き渡しを求めたが、相手は勘定奉行の威を借りて応じようとはせぬのだ」

伝八は咳払いをひとつすると、さも相手に非があるような言い方をした。

「島法は八丈御用船の用を勤めることと引きかえに、幕府の公認を得たものでございます。いかに勘定奉行とはいえ、それを踏みにじることは出来ないのではありませんか」

民五郎がたずねた。

「だが、島法は幕府の定めたものではない。上からの指示がない限り、我々が土地の掟をめぐる争いに介入することは出来んのだ」

「それでは波浮港を開いて他所者が多く入ってくれば、島法はますます実のないものとなりましょう。長年保たれてきた島の秩序はどうなりましょうか」

島法が保証しているのは、浦方の村の廻船や漁業の独占ばかりではない。新島村が他の四村の上位に立つということも含まれていた。

「では波浮港に新島村の分村を作ればよい。船も潤沢に保有しておるし、人が増えて土地も手狭になっておる。兄弟同居しておる家などは分家して、港の側に移住すればどうであろう」

そう言ったのは内蔵助だった。波浮に分村を作れば、島法も守れるし入港税も独占できるのだ。

「大島屋さん。さきほどから黙ったままだが、どうお考えかな」

六郎兵衛がたずねた。

「波浮の開港が島や村の繁栄につながるなら、大いに結構なことだと思います」

庄右衛門が重々しく口を開いた。

傾きかけているとはいえ、島一番の分限者であることに変わりはない。賛意を口にしていた年寄や廻船株主たちが、ほっとしたように顔を見合わせた。

「しかし、波浮に分村を作ることが容易に出来るとは思えません。というのは、伊勢屋とその義弟の秋広平六は、工事を請け負うことと引き換えに、波浮港の側に新たに一村を立てることを願い出て、すでに許されているからです」

「大島屋さん、それは本当かね」

他所者だけの一村を立てるなど、伊豆大島全島に対する挑戦である。誰もがそう受け取っていた。

「こんなこともあろうかと、島方会所に人をやって調べさせました。これがその報告です」

庄右衛門は届いたばかりの書状を六郎兵衛に手渡した。

その書状には、伊勢屋が波浮港を拠点として大室出しの漁場に進出する計画を持っていることも記されていた。

一刻（二時間）あまり続いた寄合いは、開港反対の意見が優勢を占めるうちに休憩となった。決定は名主と年寄に一任ということで、後はいつものように酒宴に入るのである。

休憩の間に、庄右衛門は厠に立った。

寄合いはほぼ狙い通りに進んだ。後は酒宴の間に小早船で鮮魚を江戸に運ぶ計画を話せばいい。話を通しておきさえすればいいのだ。庄右衛門は鼻歌でも歌いたいような軽やかな気分で席に戻った。

「あの、大島屋さん」

背後で女中が声をかけた。

「なんです」

「お隣のお武家さまが来ていただきたいと申しておられますが」

「どなただい」

「以前お泊りになったことはありますが、お名前までは」

「そうかい。誰だろうね」

寄合いの上首尾に心が浮き立っていた庄右衛門は、深い考えもなく隣室を訪ねた。

黒小袖を着た狩野英一郎が、床の間を背にして端座していた。

「久しぶりだな」

英一郎は口元に皮肉な笑みを浮かべた。

前に会った時よりひどく痩せて、頬がそぎ落とされたようだ。やつれたようにさえ見える。もともと冷たい感じの男だったが、痩せたためかいっそう冷酷な印象を受けた。

「手間は取らせぬ。そこに座れ」

庄右衛門は言われた通り正面に座った。

英一郎は切れ長の目で探るように庄右衛門を見つめた。

「あの、どのようなご用件でございましょうか」

「白井屋からいくら貰った」

庄右衛門はぎくりとして、すぐには返事が出来なかった。

「抜け荷に加担して、いくら貰ったと訊ねておる」

「それは、庄助の書き置きにあった通り……」

「たったあれだけの仕事ではなかったことは分っておる。正直に言ってみろ」

「私には、何のことだか」

庄右衛門は体中から冷汗が噴き出すような思いで答えた。

庄助がどんな悪事に関わっていたかは知らない。だがこれ以上追及されれば、庄助が残した千両も没収されるおそれがあった。

「安心いたせ。このたびは抜け荷の吟味に来たのではない。その方らの力になるためじゃ」

「と申されますと」

「寄合いの模様は、ここから聞かせてもらった。どうやら開港には反対と決したようだな」

「まだ決まったわけではございません。決めるのは村役の方々でございますから」

「隠さずとも良い。実は幕閣のさるお方も、開港を許されぬ方針でな。そのために私を遣わされたのだ」

「…………」

「だが反対の嘆願書を出すようなことでは、もはや伊勢屋には太刀打ち出来ぬ」

「では、どうすればいいのでしょうか」

庄右衛門は身を乗り出した。新しい事業の成否は、伊勢屋の進出を防げるかどうかにかかっていた。

「波浮に来ている平六とかいう男を始末するのだ」

英一郎はそう言って唇の端に薄笑いを浮かべた。

第六章　闇の対決

一

囲炉裏を囲んで夕餉《ゆうげ》にかかろうとした時、石を投げつけるけたたましい音がした。二人の子供が怯えて身をすくめた。

文七は棒をつかんで表に出た。薄暗がりの中を三、四人の子供たちが逃げ去っていった。

畑のあたりである。嫌な予感がして走り寄ってみると、収穫を前にした大根や明日葉が、引き抜かれたり折られたりして、無残に散らばっていた。

文七は怒りに体を震わせながら、それを見つめた。

「あんた」

様子を見に来たお高が声をかけた。

「餓鬼共だ。ひでえことをしやがる」

文七は悔しさに声を詰まらせた。

利平らに傷を負わせた嫌疑は、お雪の証言によって晴れたが、村人は文七を許さなかった。

流人は人外の者だという意識が根強く残っている。その流人が利平らを傷付けたということが、理由の如何にかかわらず村人には許し難かったのだ。

村人の報復は、文七が予想していた通りのものだった。文七一家を村八分にし、黙認してきた共有林への立ち入りを禁じた。

樵の仕事も炭焼きも、罠をかけて山鳥を獲ることも出来なくなった。お高の洗濯の仕事も止められ、子供たちでさえ遊び仲間からしめ出された。

その上にこのような嫌がらせである。これでは飢えて死ねと言うのも同然だった。

「まだ、食えるのもある」

お高がかがみ込んで散乱している大根や明日葉を拾いはじめた。

「やめろ」

「短気をおこしちゃならねえよ」

「やめろと言っているのが分らねえか」

文七はかっとしてお高の腕をつかんだ。

踏みにじられた野菜を拾うことは、村人の足の裏をなめるも同じことだ。これ以上、そんな屈辱には耐えられなかった。

「それでも生きていかねばならねえんだよ」

「俺が何をした。悪いのは奴らじゃねえか」

「あんたはやっぱり他所者だね。十二年いても、この島のことを何にも分っちゃいねえ」

お高は文七の腕を払うと、野菜を拾いながら歌を謡った。

あたしゃ大島荒浜そだち
　色のくろいは親ゆずり
男だてなら乳ヶ崎沖の
　潮の早いを止めて見よ
潮の早いはとめれば止まる
　止めてとまらぬ恋の路

「かんちょろ節」と呼ばれる島の民謡で、お高が子供を寝かしつける時によく口ずさんでいたものだ。

そののんびりとした歌いぶりを聞いていると、胸の深い所から熱いものがせり上がってきた。文七は手の甲で目頭をぬぐうと、お高と並んで野菜を拾い始めた。

家に戻ると、朝吉が駆け寄ってきた。

「おっ父、これ」

差し出した手に一両小判が握られていた。

「お前、こんな物をどこで」

「お侍さんが、おっ父にって」

「いつ」

「たった今」

文七は表の道に走り出た。暗がりの中を瓢《ふくべ》をかついだ侍が、酔いに体を揺らしながら歩いていくのが見えた。それが誰か、文七にはすぐに分った。

「お待ちなせえ」

そう叫んで駆け寄った。狩野英一郎が足を止めてゆっくりとふり返った。

「こんな物を受け取るわけにはいかねえんで」

「なぜだ」

「お分りでしょう」

今度のことは英一郎が元で起こったことだ。その男から金をもらったとあっては、村人にこの上何をされるか分らなかった。

「遠慮をするな。どうせ大島屋からしぼり取ったものだ」

「いいえ、お返ししねえと具合が悪いんでさあ」

「もし、私から銭をもらうのをはばかっているのなら、懸念は無用じゃ。私はもはやこの村の敵ではない。嘘だと思うなら、明日にでも大島屋を訪ねて来るがよい」

「そんなことはあっしには関わりねえことでさあ。とにかく旦那からこんな物を受け取るわけにはいかねえですから」

文七は英一郎の袂《たもと》に一両をねじ込んだ。

「関わりがあるからこうして出向いておる」

英一郎は一両をつかみ出すと、文七の家に向かって小判をほうり投げた。小判は薄闇の空にゆるやかな放物線を描き、戸口の前にぽとりと落ちた。

「同情なら、無用にしていただきましょう」

「同情……、はっはっは。私はな、文七。同情どころか、まったく反対のことを考えていたよ」

「では、お引き取りいただきましょう」

今なら刀を奪って斬り殺せる。文七はそんな誘惑にかられて刀の柄に目をやった。

「お前も馬鹿な奴だよ。あんな小娘に同情して、せっかく築いてきたものを台無しにするとはな」

英一郎は肩の瓢をつかむと、喉を鳴らして酒をあおった。

「旦那は悪党面になりやしたね」

「悪党のお前が言うのだから間違いはあるまい。だがな文七。この世は力のある者が勝つのだ。弱い者はそいつらにすり寄って生きていくしかない。それはお前が身にしみて分っておろう」

英一郎は身をよじって笑い、抜く手も見せずに刀をふるった。その切っ先が文七の鼻先一寸ほどの所でぴたりと止まった。

「いいか。私が本当の悪になるのはこれからだ。よく見ておくがいい」

英一郎は刀を鞘に納めると、左右に大きくよろめきながらよごらあ原の道を下っていった。

そのあとを影のように尾けていく黒装束の男がいたが、英一郎も文七も気が付かなかった。

翌日、文七は大島屋に呼び出された。

流人に用がある時には流人頭を通すのがしきたりである。だが庄右衛門は手代を使いに寄こし、家に来るように伝えてきた。

文七は言われた通り、裏のくぐり戸から中庭に回った。袖口には昨夜英一郎が投げた小判を入れていた。

「この間は店の者がとんだ迷惑をかけたね」

庄右衛門が縁側に腰をおろして言った。

「へえ」

文七は地べたに座り、両手をついたまま短く答えた。

「手を上げておくれ。利平や松太郎のせいで、お前がどれほど辛い目にあっているかは聞いている。私も罪滅ぼしになんとかしたいとは思っていたが、村の衆の手前もあってね。今日まで手をこまねいていたんだ」

「あっしごときに、そのような」

「いいや。お前は立派だよ。仲間の娘を助けるために自分を犠牲にしようとしたんだからね。私は島役所でのお裁きでお雪が本当のことを言ったのを見て心を打たれたよ。真心さえ持っていれば、人は真心で応えてくれるものなんだ」

文七は庄右衛門と話すのは初めてだった。彼にとっては近付くことも出来ぬ雲の上の人である。その庄右衛門の口からこのような言葉を聞かされるとは、思いもよらぬことだった。

「それでね。もしお前にその気があるのなら、うちで働いてもらおうかと思っているんだが」

「あっしがですか」

「うちではこの秋から新しい仕事を始めようとしていてね。猫の手も借りたいくらいなんだよ」

『あっしのような者で良ければ、どんな仕事でも」

『詳しいことはまだ言えないが、船の荷の積み下ろしだよ。これがまあ一刻を争う忙しい仕事になりそうなんだが、なあに、お前ほどの力と器用さがあれば楽にこなせるよ。どうだい。やってくれるかね」

「へえ、もちろん」

これで飢えに怯えずに暮らせる。喜ぶお高や子供たちの顔が文七の脳裏をよぎった。

「そうかい。じゃあ秋口までの暮らしの面倒はうちで見させてもらおうじゃないか」

「ありがとうございます。助かります」

「その前に、お前を見込んで頼みがあるんだが」

「へえ、何でございましょう」

「実は、今波浮の港に秋広平六という商人が来ている。その男を片付けてもらいたいんだ」

「片付ける、と申しますと」

「そんなことは分っているだろう」

庄右衛門が冷やかに言った。

おためごかしの仮面の下から、流人などはどう扱っても構わないという本音が顔をだした。

「あっしは、そんな……」

「昔仲間を殺《や》った時のようにしてくれればいいんだよ。後のことは心配いらないから、今日にも波浮へ行っとくれ」

庄右衛門は紙に包んだものを投げて足早に立ち去った。小判二枚が入っていた。

文七はおぼつかない足取りで、大島屋の裏木戸を出た。

(あいつだ。あいつが仕組んだことだ)

文七は反吐《へど》が出そうなむかつきを堪えながらくり返した。

弥助の居場所さえ教えれば、昔のことは他言しないとあの同心は約束した。だが、こともあろうに人殺しをさせるために、その弱みを利用したのだ。

(へっ、役人が聞いてあきれらあ)

酔《よ》い痴《し》れた英一郎の姿を思い出して唾を吐いた。

だが、庄右衛門の申し出には捨て難い魅力があった。このまま村八分が続けば、家族四人生きる道が失われるからだ。

夏の間はまだいい。だが冬になれば、木の実や草の根さえ手に入らなくなる。そうなれば寒さにふるえながら餓死するほかはなかった。

(島を出るか)

だが、島を出れば仲間の制裁の手がのびる。裏切った者は地の果てまでも追い掛けてなぶり殺しにする。それがかつて彼が加わっていた組織の掟だからだ。

文七が十二年前に仲間二人を殺したのは、押し入った先での彼らの残虐なやり口が許せなかったからだ。

日本橋の薬種問屋の寝込みを襲った三人は、主人と奉公人八人を惨殺し、千両箱を抱えて引き上げようとした。

その時、どこからか子供の泣き声が聞こえた。奥の寝間に駆け込んで押し入れの襖を開けると、主人の女房と三つばかりの女の子が震えながらうずくまっていた。女の子が怖さのあまり泣き出したのだ。

「殺れ」

頭領格の男が命じた。

文七は二人を引き出そうと母親の肩に手をかけた。その肩がぶるぶると震えていた。女の子がしゃくり上げながら、文七をにらんだ。

その目を見た瞬間、文七は頭を断ち割られたような気がした。これまで犯してきた罪の恐ろしさを、まざまざと思い知らされたのだ。夢から覚めたように、別の自分が立ち上がってきたのである。

「ぐずぐずするな」

背後から冷酷な声がした。

文七はほとんど無意識に、得物をふるって襲いかかった。気が付いた時には、喉を切り裂かれた二人の仲間が、血の海の中にうつぶしていた。

翌日上州屋の蔵に忍び込んで捕まったのは、仲間の追及から逃れるためである。

文七は懐の三両をそっと探った。あの日以来、決して人を殺めぬと誓ったはずなのに、この金を突き返せなかった。中庭においてくるだけで良かったのに、それも出来なかった。

その弱さを自虐的な思いでなじりながら、我が家への道を急いだ。

よごらあ原まで来た時、萱の茂みを獣でも走り抜けるような音がした。はっとふり返ったが誰もいない。

気のせいか。そう思って向き直ると、目と鼻の先に人足風の姿をした男が立っていた。

文七は反射的に一間ほど飛びすさった。

「よう」

相手は無精髭の生えた尖った顎をしごきながらニヤニヤと笑っていた。

「組頭……」

文七は放心したようにつぶやいた。

盗賊団の組頭をつとめていた雁次郎《がんじろう》だった。

「こんな所に逃げ込んでいたとはな」

「どうして、ここに」

「安心しな。お前を殺るためなら今やってたぜ」

雁次郎は手を突き出して、喉をかき切る仕草をした。

「夕べお前が会ってた三一《サンピン》がいたろう。あいつに用があるのさ」

「組頭が、こんな所でお勤めを」

「馬鹿言っちゃいけねえ。頭は疾風組なんて盗《ぬす》っ人《と》稼業からはとっくに足を洗いなすったんだ。今じゃ公儀お抱え同然の身なんだぜ」

「…………」

「だがな。お勤めは変わっても、お前の裏切りが帳消しになったわけじゃねえ」

雁次郎は目を細めて睨んだ。昔と変わらぬ残忍な目付きだった。

二

鉄之助は憂鬱だった。

さわに殴られた傷の痛みはひいたが、心の痛みはいつまでも去らなかった。

我に返った瞬間に見たさわの怯えきった顔、泣きながら逃げていく姿を思い出すと、自分をぶちのめしたい衝動に駆られた。

その反面、さわの豊かな乳房に顔を押しつけた時の感触が、脳裏に焼きついていた。その記憶が何かの拍子にふっと立ち上がってくると、心が浮き立つような豊かさに包まれるのを感じ、長い物想いにさそい込まれた。

「鉄さん、竿を上げてみな」

隣で釣り糸を垂れていた呑海が声をかけた。

「おい、鉄さん」

「はい」

鉄之助ははっと我に返った。

竿を握ったまま、ぼんやりとしていた。あわてて竿を上げると、馬の尻毛が切れて針が無くなっていた。

「さっき大きな当たりが来たろう。そいつが切ったんだな」

鉄之助は当たりが来たことにも気付いてはいなかった。

「おいおい、しっかりしてくれよ。いくらここの魚だって、針のねえ竿にゃかかってくれねえよ」

「そうですね」

「この間から調子が狂ってるようだが、あん時何かあったんだろう」

呑海は鉄之助とさわが森に水を集めに行ったのを知っていた。髪に血をこびりつかせて帰ってきたことも、その後さわが鉄之助に冷たく当たることにも気付いていた。

「若い二人のことだから、詮索じみたことはしたくねえが、あん時の揺れはひどかったからねえ。心配はしていたんだ」

「『浜風』では、どうでしたか」

「何が」

「お浜さんに、ひどいことをしたって」

「そうだな。あのお浜が殺されるかと思ったというくらいだから」

「そうですか」

「しかし、何だ。あれは病のようなもんで、鉄さんにもどうしようもないんだろう。何なら俺からさわに話そうか」

「いいえ。自分のことですから」

「あんまり思い詰めねえがいいよ。小さい頃に記憶を失うくらい恐ろしいことがあったんだ。地震がそのことを思い出させるんじゃないのかい」

「ええ」

鉄之助はそう答えたばかりだった。

「浜風」の時も、地震と火事に追われる自分の姿が、闇を引き裂く稲妻のように脳裏をよぎった。

今度は数人の武士に襲われ、誰かを求めて逃げ回っている姿まで見えた。それは幼い日の記憶なのかもしれない。そういう予感はあったが、今は話したくなかった。

「さて。そろそろ昼だし、こいつを持って引き上げるか」

呑海が魚籠を見やった。いつもの半分くらいしか入っていなかった。

さわは波浮姫命神社の境内に据えた竈で、いつものように飯を炊いていた。竈の前にしゃがみ込み、炎に顔を照らされながら薪をくべている。何かを思い詰めている険しい表情だった。

「魚、ここに置くぞ」

鉄之助は魚籠を一間ほど離れた所に置いた。

「今日からおっ父が料る。そっちに持っていけ」

さわはふり向きもしなかった。どっしりと腰の座った小肥りの体は、鉄之助を拒むかたくなな意志でこり固まっていた。

鉄之助は従順な牛のように魚籠を抱えた。海に入って測量竿を立てていた人夫たちが、袖から水をたらしながら上がってきた。

「おうい。昼からは頑固岩を測るんだとよ」

人夫の一人が怒鳴った。

頑固岩とは、平六が頭を痛めていた港口の巨大な岩のことだ。工事に頑固に立ちはだかっているように見えるために、誰からともなくそんな名で呼び始めていた。

「ちんこ岩がどうしたって」

炊き出しの女がからかった。

「頑固岩だよ。もっともお前さんのなにになら、あの岩だってひと呑みだろうがね」

人夫が股間をさすりながら腰をくねらせた。女たちがどっと笑った。人夫は調子に乗ってますます卑猥《ひわい》な腰付きをした。

「馬鹿やってねえで、服を乾かさねえと風邪ひくぞ」

さわが思いがけないほど厳しい口調で怒鳴りつけた。

「何をそんなに怒ってるんだ」

女の一人が笑いながら訊ねた。

「さてはさわよ。心当たりがあるな」

「相手は誰だ」

「初めは痛いかもしれねえが、じきに良くなるから心配すんな」

皆が口々にはやし立てた。

「馬鹿言ってる暇があったら、さっさと仕事をしろ」

頰を真っ赤にしたさわは、燃えるような目で鉄之助を見やると、波打ち際で野菜を洗っている父の所に足早に下りていった。

午後からは頑固岩の測量が始まった。

二間ほどの棒の先に鉄鑿《てつのみ》を固定した竿を、水面下の岩の四方に打ち込む。こうすれば海底の砂に埋もれた岩が横に根を張っているかどうかを確かめることが出来た。

「一方だけならなんとか断ち切ることが出来るでしょうが、二方に伸びていたらお手上げですね」

平六は作業を見守りながら険しい表情を崩さなかった。

鉄之助も竿を掛矢で打ち込むのを手伝うために平田船に乗り込んでいた。

岩の根が広がって岩盤になっていれば、それを削り砕いて港口を深くすることは不可能だという。

「もしそうだったら、工事を諦めるんですか」

「いや、私はそれでもやってみたいと思っています。難しければそれだけやり甲斐がありますから」

　だが、工事の規模が大きくなれば、幕府の許可を得ることが難しくなるだろう。現に普請役の二人は、頑固岩が岩盤なら工事を中止せざるを得ないと言っている。平六は鉄之助に体を寄せ、声をひそめてそう語った。

　夕方まで続けられた測量で、頑固岩の正体が明らかになった。

　港口の東岸の岸壁から海中になだれ込むように続いている岩は、三間半（約六・四メートル）の幅で二間半だけ海の中に突き出していた。海底に根を張っているのは一方だけで、ちょうど自然薯のように細長い形をしていた。

「これなら何とかなるでしょう。助かりましたよ」

　平六が陽にやけた顔をほころばした。

　波浮姫命神社の下に船を寄せた時、炊き出しの女が走り寄ってきた。

「江戸の人に渡してくれって、こんな物を」

　二つ折りにした紙を平六が受け取った。

　さわを預かった。返してほしければ、トウシキの鼻まで父親を連れて来い。そんな意味のことが、ひらがなばかりで記してあった。

「さわはどうした」

「さっきおっ母の具合が悪いからって先に帰った」

「誰か迎えに来たのか」

「クダッチの平太《へいた》さんとこの息子が呼びに来たんだ」

「この文を届けたのは」

「やっぱり、平太さんとこの」

聞くなり鉄之助は身をひるがえした。伊勢庄丸の艫屋形に駆け込むと、呑海がゆずってくれた刀をひっつかんだ。

「鉄さん。どうした」

呑海がたずねた。

鉄之助は返事もせずに船を下りると、波浮姫命神社の境内を走った。

「待ってくれ」

さわの父が足を引きずりながら追ってきた。簀巻きにされた時に痛めた足が、まだ治っていない。

「俺も行く。連れていってくれ」

「その足では無理だ」

「頼む。俺も」

追いすがるように両手を前に突き出してばったりと倒れた。

鉄之助は引き返して助け起こすと、軽々と背負った。

「しっかりつかまってろ」

そう言うと、クダッチの坂を一散に駆け登った。

平太の家の庭先では十二、三歳の少年が、斧をふり上げて薪割りをしていた。いきなり目の前に現われた大男を見ると、少年は斧をほうり出して逃げ出した。

鉄之助は長い腕を伸ばして襟首をつかんだ。

「頼まれたんだ。頼まれただけだ」

ぐいとつかみ上げられた少年は、手足をばたばたさせて叫んだ。

「さわはどこにいる」

「トウシキの鼻だ」

「相手は何人だ」

「六人、いや七人だ」

「この餓鬼が。さわに何かあったら、ただじゃおかねえ」

さわの父がそう叫んで殴りつけた。

夕陽は西の海に沈みかけていた。その残照が海を朱色に輝かせていた。黒い影となった利島が、朱色の海に浮かんでいた。

鉄之助はさわの父を背負ったままトウシキの鼻に向かった。夕陽は刻々と落ち、海は朱色から灰褐色へと変わり、あたりは薄い闇に包まれ始めていた。

「あそこだ。あの岩場だ」

さわの父が叫んだ。

この間簀巻きにされていた場所に、漁師らしい七人の男たちがいた。その側の入江に船がつないであった。

「来たぞ」

一人が矛をつかんで立ち上がった。この間島役人と一緒に来た男だった。

「さわはどうした」

鉄之助は荒い息をしながら言った。

さわの父がするりと背中からすべり下りた。

「安心しろ。あそこだ」

顎で船をさした。

後ろ手に縛られて猿轡《さるぐつわ》をされたさわが、船の中に横たわっていた。

「呑海とかいう坊主はどうした」

「頭に何の用だ」

「この間の礼をさせてもらおうと思ったのさ」

男が勝ち誇ったように矛を突き出した。その鋭い穂先が、鉄之助の胸の三寸ほど手前で止まった。

他の男たちも矛や、船を引き寄せる時に使う鳶口《とびぐち》を持っていた。

「約束だ。さわを返せ」

「今すぐ返してやるよ。その前に落とし前をつけさせてもらおうか」

男たちが三方をとり巻いた。鉄之助は刀の柄に手をかけた。

「おっと、それを抜けばさわの命はないぜ」

一人がさわの喉首に矛を当てた。

「掟を破ったのは俺だ。さわに手を出すな」

さわの父が船に走り寄ろうとしたが、向こう脛を鳶口の柄で打たれて倒れ伏した。

「へっへっへ。掟を破れば何されたって文句は言えねえんだ」

「好きにしろ」

鉄之助は刀を鞘ごと抜いて岩の上に置くと、胡座《あぐら》をかいて腕組みをした。

男たちは鉄之助を思うさま殴り付けた。矛の柄で突き、胸板を足蹴りにした。

それでも鉄之助は倒れなかった。額が割れて血が流れても、鳩尾《みぞおち》を突かれても、体が崩れなかった。

船の男がさわを引き起こした。大きく見開いたさわの目から涙があふれた。何かを叫ぼうと体をよじったが、猿轡が固く口に食い込んでいた。

「ちっ、こいつは化け物か」

「これくらいで許してやる」

殴り飽きた男たちは、いっせいに船に乗り込んだ。

「待て。さわを放せ」

鉄之助がよろよろと立ち上がった。

「しばらく預からせてもらう。簀巻きにゃしねえから安心しろ」

艫に立った男が舵棒で岩を突いた。船はすべるように岸を離れた。

二列に並んだ六人が、馴れた手つきで櫂をふるった。息もぴたりと合っている。船はみるみる速さを増した。

鉄之助は刀を抜き放って入江ぞいの岩場を走った。船は目の下三間ほどの所を沖に向かっていた。

「馬鹿が。そんな所からどうしようってんだ」

一人が岩場を見上げてあざ笑った。

鉄之助は刀を上段にふりかざし、船に向かって飛んだ。

男たちは海に叩き落とそうと、櫂をふりかざした。

鉄之助は船の五尺ほど手前の海に落ちた。大岩でも投げ込んだような水しぶきが上がった。

「飛び損いやがった」

大声で言う者がいたが、鉄之助の狙いはちがった。水面に落ちる瞬間、全体重をのせて船縁を切り裂いたのだ。長さ一尺ほどにわたって断ち割られた船縁から水が入り、船は少しずつ右に傾いた。

鉄之助は船に向かって立ち泳ぎに泳ぎながら、右手で真っすぐに刀を立てた。

恐慌をきたした男たちは、先を争って海に飛び込んだ。

「おい、怪我はないか」

鉄之助は沈みかけた船に乗り移ってさわの猿轡をほどいた。

「平六さんが危ない。波浮に戻れ」

「なんだって」

「お前をおびき出すための罠だ。今頃別の奴らが平六さんを襲っているぞ。早く波浮に戻れ」

さわが息せき切って叫んだ。

三

水揚げしたばかりだという烏賊《いか》を肴に、狩野英一郎は酒を飲んでいた。

強くもないし好きでもない。だが大西孫四郎に屈して以来、飲まずにはいられなかった。

奉行所での地位を守るために信念を捨てた英一郎の心は、ちょうど艫綱が切れて海に流れ出した船のようである。沈みはしないが、舵取りがいないために風や波にもてあそばれながら漂うばかりだった。

「酒だ。早くしろ」

英一郎は階下の帳場に向かって叫んだ。

庄右衛門の誘いに応じて二日間大島屋に泊ったが、昼過ぎに再び淡路屋に戻った。お玉の媚《こ》びるような視線がうるさかったからだ。

「旦那、ずいぶんいける口ですね」

呼び込みのあばた面の男が銚子を運んできた。

もう十本ちかく空けていたが、英一郎は少しも酔えなかった。

「江戸から着いたばかりの酌婦もおりますが」

「いらん。用があれば呼ぶから下がっておれ」

英一郎は空いた銚子を乱暴にほうった。

(こんなことも今日までだ)

酒をあおりながらそう思った。

秋広平六には化け物のような男が護衛についているらしい。だが、その男も村の漁師を使っておびき出した。文七の腕なら失敗することはあるまい。

後は大島屋からの知らせを待って、大西孫四郎に報告すればいい。秋広平六の死が確かめられた時点で、孫四郎と幕閣の要人の手元にあるという二通の不正な届け書は破棄される手筈《てはず》だった。

(これは戦なのだ)

敵の手に弱点を握られている以上、じっと耐えるしかない。だが届け書を取り返しさえしたなら、かならず逆襲に転じてやる。そう思い込むことで、後から後からわき上がってくる苦々しさをねじ伏せようとした。

階段を登る軽やかな足音がして、襖の外に人の立つ気配があった。

「誰だ」

「あたしです」

お玉の忍び笑うような声がした。

「入れ」

「追い返されやしないかと、ひやひやしたわ」

お玉は蓮っ葉な口調で言うと、英一郎の横に座って銚子を取った。

「はい。おひとつ」

「何しに来た」

「急に逃げ出すものだから、忘れものをなすったのよ」

お玉は懐から一通の文を取り出した。

浦賀の中川福次郎からの文だった。七日前、英一郎が下田の浦方御用所で新任者への引き継ぎをしていた時に受け取ったものだ。

「読んだのか」

「あたしが」

お玉は自分を指さすと、高い声で笑い出した。

字が読めないのだ。英一郎もつられて薄く笑った。

「ねえ、あたしがお嫌い？」

お玉がしなだれかかって英一郎の膝をさすった。化粧の甘い匂いが鼻をくすぐった。

「他人の妻を好きも嫌いもあるか」

「女房たって女ですよ」

お玉は膝に置いた手を、少しずつ内側にずらした。

「もうじき大島屋が来る」

「来やしませんよ。今日は差木地に出かけて遅くなると言ってたから」

差木地は波浮の西隣の村である。庄右衛門は文七の首尾を確かめるためにわざわざ出向いたにちがいなかった。

「ねえ、一人でお酒なんか飲んでたってつまらないでしょう」

大島屋がこのことを知ったらどんな顔をするだろう。英一郎は残忍な快感をおぼえて、お玉の肩に手を回した。

大胆になったお玉は、英一郎の股間をさぐった。熱く固いものがその手に触れた。

「嬉しい」

お玉は小袖をめくって口に含んだ。

柔らかい舌先が英一郎の敏感な所を這い回った。その快感の強さに、英一郎は思わずお玉を突き飛ばした。

「どうなさったの」

「いや、何でもない」

歓びの声を上げることとさえ恥じらうような千恵との交わりでは、こんなことをされたことはなかった。

「まあ、慎み深いお武家さま」

お玉は英一郎にもたれかかるように押し倒すと、唇を重ね、舌をからめてきた。その間にも右の手は英一郎の隆起したものをなでさする。

「あたしって悪い女」

含み笑いをして言うと、緋縮緬《ひぢりめん》の小袖の裾をめくって英一郎の腰に乗った。湯上がりのように濡《ぬ》れた肉塊が、英一郎のものを呑み込んだ。

お玉は激しく腰を前後に動かし、左右に回しながら吐息をもらした。苦痛にでも耐えているように眉根を寄せ、唇を半開きにしている。

英一郎の酔いは快感が高じるにつれて急に回り始めた。瞼《まぶた》の裏に黒い雲が激しい渦を巻いていた。

お玉の喘《あえ》ぎは次第に激しくなった。

英一郎は渦巻きの速さに耐えきれずに目を開いた。天井板の間からのぞいている二つの目と、ぴたりと視線があった。

伊豆大島に来てからずっとまとわりついている、薄気味悪い視線だった。

あそこからは自分はどう見えるだろう。そう思うと、胸の奥から奇妙なおかしさがこみ上げてきた。英一郎は喉を鳴らして笑いながら、お玉のなすがままに任せた。

事が終わると、お玉は懐紙で手早く処理して衣服の乱れを直した。頰がわずかに上気している他は、来た時と少しも変わらなかった。

「ありがとう。また来るわ」

憑《つ》き物でも落ちたようにすっきりとした顔で出ていった。

床の間にお玉が届けた文があった。千恵と母との仲が険しいので、早めに戻ったらどうか。福次郎はそう勧めていた。千恵が少し気を患っているともいう。

英一郎は冷やかな目で文を見つめた。

福次郎は今度のことについては何ひとつ知らない。恵まれたぬくぬくとした世界に住んで、昔の英一郎に接するように実直な忠告を送っている。

その一本気な人の好さが、今の英一郎にはかえって忌わしく耐え難かった。

厠に立とうと襖を開けると、庄右衛門が荒い息をしながら立っていた。肉のたるんだ頬が強張り、目が険しく吊り上がっている。

英一郎はどきりとして立ち尽くした。

「お出かけでございますか」

「いや、小用を足しに」

「そうですか」

そう言ったが、庄右衛門は道を開けようとしなかった。

「いつ、ここに」

「たった今です。波浮のことをお知らせしなくてはと」

「そうか。まあ入れ」

まだお玉のぬくみが残っている畳の上に、庄右衛門は座った。

「で、首尾は？」

「駄目でした」

黒装束に身を包んだ文七は、平六が夕餉にかかった所を襲ったが、人夫たちに阻まれて斬りつけることは出来なかった。

何人かを当て身で昏倒させ、一人を斬り殺したが、人夫たちが一歩も引かずに平六を守ろうとするので、とうとう引かざるを得なかったのだ。

「まさか、文七は」

わざと殺さなかったのではないか。そう思った。あの腕と身のこなしなら、人夫ごときに邪魔されるはずがなかった。

「人夫たちは平六を死なせては港は出来ないと、死にもの狂いで立ち塞がったそうです」

「波浮まで行ったのか」

「人目もありますので、差木地までしか行きませんでした。店の者を様子を見にやらせたのです」

「文七は、手を抜いたのではないのか」

「いいえ。一人を斬り殺したほどですから」

「出港はいつだ」

「おそらく二、三日のうちには」

「分った。私がなんとかする」

江戸に帰られては余計にやりにくい。なんとしてでもこの島にいるうちにけりをつけなければならなかった。

「では他にも用事がありますので、私はこれで」

庄右衛門は逃げるように部屋を出ていった。

なんとかするとは言ったものの、これといった手があるわけではない。英一郎は冷えきった酒を飲みながら考えあぐねた。

盃に天井板の間からのぞく目が映った。

「用があるなら、下りてきたらどうだ」

「あいにく面をさらすわけにはいかねえのさ」

天井裏から低い声が降ってきた。

「ならばこの手で引きずり下ろすまでだ」

英一郎は刀をつかんで立ち上がった。

「おっと。早まっちゃいけねえ。俺はあんたの仕事ぶりを見届けるように命じられた者でね」

「人の後をつけ回して面白いか」

「嫌なお勤めだが、お蔭でおつな濡れ場を見せてもらったぜ。あの女、もとは昆布巻きだな」

　昆布巻きとは茶屋や居酒屋で体を売る女のことだ。帯を締めたまま尻からげして男の相手をする姿が昆布巻きに似ているために、この名がついた。

「何の用だ」

「あんたのためになることを教えてやろうと思ってね」

「文七のことなら大島屋から聞いた」

「俺も聞いたさ。あんないい加減な話を真に受けるようじゃ、この勤めは果たせねえぜ」

「どういうことだ」

「奴が人足風情に邪魔されたくらいでしくじるはずがねえ。そんなことも分らねえのか」

「お前は、見たのか」

「あんたの仕事を見届けるのが俺の役目だと言ったろう。奴の邪魔をしたのは人足なんかじゃねえ。とんでもねえ奴がいやがったのさ」

「誰だ」

答えはなかった。

あたりはしんと静まりかえり、浜に打ち寄せる波と港を渡る風の音が大きく聞こえた。

「言え。誰だ」

英一郎はもう一度たずねた。

「鬼の平蔵《へいぞう》さ」

「なんだと」

「長谷川平蔵だよ」

「そんな、馬鹿な」

火付盗賊改方加役《ひつけとうぞくあらためかたかやく》長谷川平蔵の名は、江戸の者なら誰でも知っている。

鬼の平蔵、鬼平と渾名《あだな》され、その活躍が瓦版でも華々しく取り上げられ、講談本まで出るほどだ。

だがその長谷川平蔵は、四年前の寛政七年（一七九五）に死んでいる。平蔵のはずがない。

「俺も初めは信じられなかった。だが一度は渡り合ったこともある相手だぜ。間違いねえ。頭を丸めちゃいるが、あれは鬼平だ」

「鬼平……」

すでに伝説とさえなっている長谷川平蔵を、自分は敵に回しているのか。

「なあに、いくら鬼平でも一人ならこっちに分がある。俺も手を貸すぜ。奴には手痛い借りがあるからな」

低く笑い声がして、男の気配がふっと消えた。

四

鉄之助が駆け付けた時には、波浮姫命神社の境内は深い闇に包まれていた。

境内の入口にかがり火が焚かれ、三十人ばかりが丸い人垣を作っていた。誰もが無言のままうなだれている。

その中から泣き叫ぶ女の声が聞こえた。死んだ人夫の妻が、白布をかけられた遺体にとりすがり、声をかぎりに泣いていた。数日前に薪のことでさわと争っていた、せつという色の浅黒い女だった。

鉄之助は人垣の中に呑海の姿を認めて歩み寄った。

「平六さんは、無事ですか」

最初に口をついたのはその一言だった。

周りにいた人夫や炊き出しの女たちが険しい目を向けた。

「ちょっと」

呑海は鉄之助を人垣から引き出すと、伊勢庄丸をつないである所まで下りていった。

「平六さんも腕に傷を負ったが、たいしたことはない。船の中で治療を受けているよ」

普請役の渡辺新右衛門は医術の心得があるという。伊勢庄丸には薬草も豊富に積み込んであった。

「罠でした。さわをさらったのは、平六さんを襲うための罠だったのです」

「危ない所だったよ。みんなが命がけで守ってくれなければ、平六さんは殺られていただろう」

鉄之助が飛び出して四半刻ほどした時、神社の境内で騒ぎが起こった。人夫たちが夕餉にかかるのを見計らったように、黒装束の男が闇にまぎれて平六を襲ったのだ。

平六は二の腕を斬られてその場に倒れ伏した。男が喉首目がけて得物をふり下ろした時、側にいたせつの夫が背中から組み付いた。

黒装束の男は襟首をつかんでふりほどき、せつの夫の喉を斬った。その隙に平六は人夫たちに助け起こされた。

伊勢庄丸にいた呑海が駆け付けたのはその直後だった。男は三、四人の人夫を当て身で倒し、ふたたび平六に襲いかかった。

呑海は鉄扇で男の右手を打った。相手は体を後方にそらしてかわした。

呑海の足さばきはその動きを上回っていた。大きく一歩踏み込み、男の横面を痛打した。

男は自ら倒れることで致命傷となることをさけた。そのまま横に転がると、煮え立つ大鍋を蹴倒し、呑海が熱湯をよける間に姿を消した。

「あの傷口も身のこなしも、疾風組のものだ。この島まで追って来たらしい」

「しかし、さわをさらったのは島の漁師たちでした」

「両方を結び付けている奴がいるんだろうよ。測量も終わったことだし、なるべく早く島を離れたほうがいい」

「江戸に戻るんですか」

「平六さんの傷の具合が良ければ、明日にでも船を出すそうだ」

「さわたちは大丈夫でしょうか」

「気にはなっちゃいるが、自分たちで切り抜けてもらうしかあるまい」

「疾風組が島に来ているのなら、かえって好都合じゃないでしょうか」

「正体を暴くのにかい？」

「ええ」

「相手はすでに島の者と通じているんだ。こっちに利はないよ」

「いつ襲ってくるか分からないよりはいいでしょう」

「鉄さん」

「はい」

「さわのことなら心配ないよ。あの娘は自分で立派に切り抜けられる。今夜は死んだ人のことだけ考えようや」

呑海が肩を叩いた。

遺体の両側には黒い幕が張られていた。

死者は汚《けが》れたものである。普通なら神社の境内で通夜を行うことは許されない。だが開港を心待ちにしていた故人のために、黒い幕で仕切ることを条件に境内の一画を使わせてもらうことにしたのだ。

せつは遺体にとりついたままだった。時折堪えきれなくなったように激しい泣き声を上げた。

人夫たちや炊き出しの女たちは地べたに腰を下ろし、無言のまま見守っている。鉄之助と呑海もその輪に加わった。

「お前らのせいだ」

せつは二人をにらみつけて叫んだ。

「お前らが来たからこんなことになったんだ。おっ父を返せ。おっ父を返してくれ」

遺体にかけられた布をめくり上げ、泣き叫びながら顔をすり寄せた。鉄之助も呑海も言葉もなく見つめるばかりだった。

「気にすることはねえ」

背後でささやく声がした。

さわが濡れた小袖を着たまま立っていた。さわの父もいた。足を痛めた父を支えて、神社まで引き返してきたのだ。

「殺されたのは気の毒だが、あんたらのせいじゃねえ」

「さわ、今何と言うた」

せつが乱れた髪をふり上げ、吊り上がった目でさわをにらんだ。

さわは静かに歩み寄ると、仏の前で手を合わせた。

「何と言うたか聞いとるんじゃ」

「辛いのはよう分る。だが、鉄之助さんや和尚さんを恨むのは筋ちがいだ」

「なんだと」

「あんただって港が出来りゃ、島の暮らしも変わると言ったじゃねえか。山方の者も船を持てるようになるんだ。この人だってそう思ったから、命がけで平六さんを守ったんだ。和尚さんたちを悪く言ったら、死んだ人が浮かばれねえ」

「この尼っ子が」

せつは形相すさまじくさわの胸倉につかみかかった。

「亭主を持ったこともない尼っ子が、聞いた風なことをぬかしやがって。お前なんかに、俺の気持が分ってたまるか」

せつは右手を振り上げてさわの頰を平手で打った。

「もとはと言やあ、お前の親父が掟を破ったからじゃねえか。あいつが簀巻きにされて殺されりゃ良かったんだ。うちの人はその身代わりに死んだんだぞ」

せつはそう叫びながら殴りつづけた。

さわはその身を差し出すことでせつのやり場のない悲しみを受け止めようとしたのだろう。人夫たちが二人を引き分けるまで、抵抗しようともしなかった。

やがて平六が手配した酒が差木地村から届いた。人夫たちは木の椀で酒を飲みながら、死んだ男の思い出を語った。

せつは遺体の側で泣き続けていた。時にはさめざめと、時には大声を張り上げて、酒も食物も、水さえも口にすることなく泣きつづけた。

「あれが島の習いなんだ」

鉄之助にそう耳打ちする者がいた。

夫に先立たれた妻は、悲嘆の言葉を交えて泣き叫びながら葬列に加わるのが伊豆大島の風習である。だからそれほど気にする必要はないという。

だが、鉄之助にはせつの声が赤子の泣き声のように哀切に聞こえて、落ち着くことが出来なかった。

通夜の酒盛りが終わったのは五ツ（午後八時）過ぎだった。

人夫たちはそのまま境内に泊り込み、女たちは泣き続けるせつを連れてそれぞれの家に帰っていった。

鉄之助はいつものように艫屋形に引き上げたが、気持が高ぶって寝つくことが出来なかった。

夜半から強くなった風のために波が高くなり、船の揺れがいつもより激しい。その揺れが数日前の地震とさわへの狼藉を思い出させた。

鉄之助は身を起こすと、刀を抱いて船室の板壁によりかかった。

横になっているより、こうして立て膝のままでいたほうが揺れを感じない。敵への反応も速い。長い放浪の間に身についた眠り方だった。

カッ、カッ。

杭でも打ち付けるような物音を耳にしたのは、とろとろと寝入りかけた時だった。反射的に艫屋形を飛び出した。外は漆黒の闇だった。その闇を切り裂くように火の玉が飛んできた。

火矢である。波浮港を取り巻く断崖の上から、何者かが火矢を射込んでいた。

「火事だ。起きろ」

そう叫んだ。

甲板には五、六本の火矢が立ち、かがり火のように燃えている。それを引き抜き、海に投げた。甲板に移った火を踏み消した。

火矢は次々と射込まれる。矢尻に油布を巻いて火を付けたものだ。刀を抜いてはたき落としたが、その矢が甲板に落ちて燃え上がった。

「鉄さん。ここは引き受けた。あっちを頼む」

呑海が叫んだ。断崖の上の射手を止めなければきりがなかった。

鉄之助は火矢の一本を松明がわりにして岸に下りた。入れ違いに火事に気付いた人夫たちが、消火の手助けに船に駆け込んだ。

火矢を射ているのは、鉄之助とさわが港を見下ろしていたあたりだった。

　そこからだと船が真下に見える。火の玉のように見える火矢が矢継ぎ早に、しかも正確に、伊勢庄丸にふりかかった。

　鉄之助がクダッチへの坂を駆け登った時、闇の中に黒い影が立ち尽くしているのが見えた。黒い小袖を着て覆面頭巾で顔を覆った二本差しだった。

「生憎だが、ここまでだ」

　男はゆっくりと両手を広げ、刀の柄に手をかけた。

「疾風組か」

　鉄之助は相手の面前に火矢をかざした。

　刀が一閃した。矢束が斬られ、火の玉が宙を舞った。その火が二間ほど離れた小屋の屋根に落ちた。

　坂の上は風が強い。火はまたたく間に藁屋根に燃え移り、あたりを赤々と照らした。

「これで手が空いただろう」

　男は低く笑うと、剣尖を鉄之助の喉元に向けて正眼に構えた。隙のないゆったりとした構えである。

鉄之助も正眼で応じた。

どちらかが踏み込んだ瞬間に勝負が決する。その間合いを保ちながら、互いの呼吸をさぐった。

刃が炎に照らされ、灼熱したような輝きを放つ。

鉄之助は動かなかった。尋常の使い手ではない。それは男のゆったりとした構えと、全身から発する殺気で分った。

動けないのは覆面頭巾をした英一郎も同じだった。

態だ。そう思った。態の強さと速さを持っている。なまじの一撃では軽々とはじき返され、返り討ちにあう。

仕留めるには、一撃必殺の斬撃しかない。全身でそう感じていた。

腕が互角なら、勝敗は心で決まる。先に心を乱し、集中力を失ったほうが負けだ。

この点、鉄之助は不利だった。二人がにらみ合っている間にも、断崖の上からは火矢が雨のように射込まれている。

鉄之助は剣尖をだらりと下げ、小手を開けて誘った。

英一郎は動かない。時が自分に味方することを、知り尽くしていた。

伊勢庄丸の甲板では、境内に残っていた十数人の人夫たちが総出で消火作業に当たった。縄を結びつけた桶を海に投げ入れ、甲板に水を張る。

普請役の二人も、刀をふるってゆるやかな弧を描いて飛んでくる火矢をはたき落とす。

それでは防ぎ切れない所があった。艫屋形である。屋形の屋根に突き立った火矢は水をかけて消すしかない。

が、防ぎきるだけの人手がなかった。火は板屋根に移り、炎を上げた。

その屋形の中に、呑海と平六はいた。

「私は大丈夫です。外に出て消火の手助けをして下さい」

平六は図面の入った木箱を抱きかかえていた。

艫屋形には煙が充満している。板屋根が燃え落ちるのも時間の問題だった。

「敵の狙いはあんただ。ここを出れば、どこから襲われるか分らん」

「しかし、このままでは図面が焼けます」

「その前に敵が正体を現わすさ。こうなりゃ、根比べだ」

呑海は鉄扇を開けて胸元をあおいだ。

炎が屋根の内側にまでちろちろと赤い舌を伸ばす。蒸風呂にでも入っているようだ。

「もう駄目だ。屋形を引き倒して類焼を防ぐしかねえ」

外でそう叫ぶ声がした。

「中には平六さんたちがいるぞ」

入口の戸を激しく揺する音がする。人夫に姿を変えた疾風組の襲撃を防ぐために、呑海が内側から心張り棒をしていた。

「何かあったんだ。打ち破るしかねえ」

そう叫ぶなり斧をふるう者がいた。

二度三度と打ちつけると、刃先が厚い戸板を破り、心張り棒を倒した。

呑海は平六を屋形の角に押し付けると、その前に立ちふさがって鉄扇を握りしめた。


艫屋形を焼く炎は、坂の上からもくっきり見えた。

視野の片隅にそれをとらえた鉄之助は焦った。早く火矢を止めなければ。その思いに駆り立てられて勝負を急いだ。

「お前の負けだ」

英一郎は鉄之助の焦りをもてあそぶように間合いを詰めたりはずしたりした。

半歩出たかと思うと一歩下がり、また半歩踏み出す。その動きは振り子のように正確で少しの乱れもない。

鉄之助は大きく息を吐いて苛立ちをしずめ、刀を上段に構えた。英一郎が一歩下がった時こそ勝機だった。相手にはそれ以上の下がり足はない。その瞬間に真っ向から打ち込めば、かわされることはない。

鉄之助は呼吸を整えながら動きを計った。

妙なことに気付いた。英一郎の動きは岩場に打ち寄せる波と同じだ。波が寄せた時に半歩踏み出し、引いた時に一歩下がる。

波が打ち寄せ、引いていく。その引ききった瞬間をねらって、鉄之助は飛んだ。一間の間境を楽々と越え、大上段から打ち込んだ。

だが、英一郎の動きはしなやかだった。引いた左足を軸にして、さらに一歩楽々と下がった。しかも鉄之助の跳躍を計ったように間合いをとる。

鉄之助の剣は英一郎の鼻先をかすめ、空を切った。

鉄之助は驚愕の目を上げた。

英一郎は斜め上段からの斬撃を放った。

鉄之助は左の肩口から右の脇腹まで斬られて倒れ伏した。


艫屋形の戸板を打ち破って入ってきたのは、四人の人夫だった。先頭の一人が斧を下げている。背後の三人は素手だった。

充満した煙のために顔を確かめることが出来ない。

「早く出ねえと焼け死んじまいますぜ」

そう叫んで煙にむせかえった。他の三人が袖で口元を押さえて近付いた。

呑海は目を凝らしてその正体をさぐろうとした。

「さあ、早く」

「平六さん、和尚さん」

三人が一間ほどに迫った時、燃えさかる破片が板屋根から落ちてきた。三人は二、三歩下がってそれをよけた。

床に落ちた燃えさしが足元を照らした。三人とも草鞋《わらじ》をはいている。中に一足だけ真新しい草鞋があった。

呑海は迷うことなく躍りかかった。

「な、何をなさるんで」

人夫は驚きの声を上げたが、呑海は構わず腕をねじり上げた。

相手は床に転がってふりほどくと、後方から足を蹴った。

呑海は足を払われて尻餅をついたが、猫のように背中を丸めて後方に回転し、平六に向かって突進する相手の前に立ちはだかった。

男の手にキラリと光る物があった。その刃先が喉首を襲った。

呑海は鉄扇で下から払った。

男は一瞬早く手を引いた。空手の突きと同じだ。ちがうのはその拳の三方から鋭い刃先が出ていることだった。

再び突きがきた。

今度は呑海は避けなかった。男と差し違えるように右腕を真っ直ぐに伸ばした。

その掌に鉄扇が握られている。刃物より鉄扇は二寸ばかり長い。

その差が勝敗を分けた。男は胸を突かれ、真後ろに倒れた。

燃え落ちる屋根板が男の顔を照らした。顎のとがった痩せた男だった。男は尻をついたまま後ろに下がった。

「観念するんだな」

呑海は鉄扇を突き出して歩み寄った。

その瞬間、男は手にしていた刃物を投げた。それは屋形の片隅で身をすくめている平六に向かって真っ直ぐに飛んだ。

鉄扇を振ってはたき落とそうとしたが間に合わない。刃物は平六の抱えた測量図の箱にぐさりと突き立った。

その隙に男は人夫にまぎれ、闇のなかに姿を消していた。

「平六さん、大丈夫かい」

呑海が平六を外に連れ出した。

「これが守ってくれました」

平六が恐怖にあえぎながら木箱を差し出した。

　呑海は突き立った刃物を抜いた。掌にすっぽりと収まる十字型の武器だった。

　袈裟がけに斬られた鉄之助は、刀を杖にして立ち上がった。

　激しい痛みと出血に、意識が次第に薄れていく。それでも気力をふり絞って敵に立ち向かおうとする。手負いの野獣にも似た壮絶な姿だった。

「たいした男だ」

　英一郎は低くうなると、とどめの剣を振り上げた。

　と、山鳩の鳴き声がした。一度、二度、三度。苦しげに鳴く声がして、男の立ち去る気配があった。

　成功は二度。失敗は三度。それが天井裏の男と決めた合図だった。

「ちっ」

　ぐずぐずしてはいられない。英一郎は刀を収めると、クダッチから断崖の上へと続く道を駆け登った。

　危険が去るのを見届けると、鉄之助はばったりと倒れた。

　遠くから大勢が駆け寄ってくる足音がする。さわの声がする。寄せては返す波の音に混じって、自分の名を呼ぶ声が聞こえる。

それきり意識が途切れた。

「鉄之助、鉄之助」

さわは鉄之助の側にひざまずいて狂ったように叫んだ。

港のほうに火の手が上がるのを見たさわは、クダッチの者たちを叩き起こして駆け付けたのだ。

「鉄之助、死ぬな。死んじゃならねえ」

そう叫んだが、どうしていいのか分らない。血を噴きつづける傷口を見つめ、身もだえしながら鉄之助の頰をなでさする。

「戸板を持って来い。船まで運ぶんだ」

「いいや、動かさねえほうがいい」

「和尚さんを呼んで来い」

殺気立った声が飛び交った。

(そうだ。和尚さんだ)

和尚さんなら鉄之助を助けてくれる。さわは足元も見えない坂を、伊勢庄丸に向かって一散に駆け下りた。

断崖の上には文七がいた。

五十数本用意した火矢を射尽くし、最後に残った一本を松明の代わりにして立ち去ろうとした。

眼下の港では伊勢庄丸の火が次第に下火になっていく。火は艫屋形の屋根を焼いただけで消し止められた。

だが、それで充分だった。船に火矢を射込んで混乱に陥れ、人夫に化けた雁次郎が平六を殺る手筈である。

（組頭なら、しくじることはあるまい）

疾風組きっての腕利きで、文七など足元にも及ばないほどの俊敏な動きをする。たとえあの坊主が相手でも、組頭なら大丈夫だ。

文七が断崖の岩場を離れようとした時、クダッチからの坂道を英一郎が駆け登ってきた。文七はとっさに火矢を港に投げ落とし、木陰に身をひそめた。

口封じに殺すつもりだ。英一郎の体からは、そう思わせるほどの殺気が発していた。

「そこにいるのは分っている。出て来い」

英一郎は荒い息をしながら文七の三間ほど先に立った。

あたりは漆黒の闇である。なおもためらっていると、小さなつぶてで肩口を打たれた。文七は観念して立ち上がった。

「なぜ隠れる」

「旦那じゃねえような気がしたもんですから」

「あの男はしくじった。長谷川どのに勝てなかったのだ」

英一郎は敵であるはずの相手をそう呼んだ。

「いいか、よく聞け」

英一郎は文七の胸倉をつかんで絞り上げた。

「このまま江戸に帰られては、我らにはどうすることも出来ぬ。だから、お前があの船にもぐり込み、隙をみて平六を殺れ。それが無理なら、測量図を盗み出せ」

「そんなことが出来るはずがねえ」

どんな腕のいい盗っ人でも、あの狭い船にもぐり込んで見つからずにいられるわけがなかった。

「お前を簀巻きにして海に投げるのだ」

文七の言葉など英一郎の耳には入らなかった。鉄之助を斬った血の高ぶりと、失敗の失望、長谷川平蔵を敵にしている恐れに、前後を忘れるほど取り乱していた。

「いいか。お前を簀巻きにして赤禿の鼻から投げ込む」

英一郎はくり返した。

簀巻きにして赤禿の鼻から投げ込むのは、流人に対して島民が取ってきた処刑の方法だ。そのことが伊勢庄丸にもぐり込むこととどんな関係があるのか、文七には分らなかった。

五

「殿、薩摩守さまが至急お目通り願いたいと申しておられますが」

「今日は忌み日じゃ。誰とも会わぬ」

「そのようにお伝えしたのですが、火急の用件ゆえ曲げてお目通り願いたいと」

「何の用じゃ」

「内々のことゆえ、他言は出来ぬと申されております」

「では明日出直すように伝えよ。余は眠い。今しばらく横になるゆえ、取り次ぎは無用にいたせ」

「では、そのように」

「いや待て。構わぬ。通すがよい」

「ははっ」

「御前さまにはご機嫌うるわしく、祝着に存じまする」

「挨拶など無用じゃ。用件を申せ」

「伊豆大島に実地検分にまいっておりました勘定方普請役二名が戻ってまいりました。その報告を受け、勘定奉行より開港工事の是非につきご吟味いただきたいとの申し出がございました」

「火急の用とはそのことか？」

「御意」

「そのようなことなど知らぬ。良きに計らうがよい」

「ですが、勘定奉行の説得もあり、幕閣や諸大名の中にも開港に同意する者が増えております」

「では開港と決すればよかろう。蝦夷地との交易を盛んにし、商人と結託して大いに利をむさぼるがよいわ」

「は？」

「もう余の治政は終わった。その方らがあの大奸物、大盗賊の亡霊どもに従ったほうが得策だと思うなら、そのようにいたすがよい。ただしその結果がどうなるかは、かねて余の説くところじゃ」

「……………」

「余は眠い。頭も痛む。早々に下がれ」

「では下の間にて控えておりますゆえ、お目ざめになりましたら、お声をかけていただきますよう」

「話すことなどないと申しておる」

「他にも少々お耳に入れたきことがございます。また、幕閣には御前の再出馬を待望する者もございますゆえ、なにとぞ」

「見えすいた嬉しがらせを言いおって。下がれ下がれ」

「では、下の間にて」

「薩摩守さま、控えの間をお使い下されませ」

「かたじけない。だが、急にお目覚めになられるかもしれぬゆえ、ここで待たせてもらおう」

「ご心労お察しいたします」

「近頃、何かとご不快が多いようじゃな」

「あのようなご気性ゆえ、意のままにならぬことがあると、二日も三日もうち沈んでおられるのでございます」

「互いに難儀なものよ」

「朝餉はお済みでございますか」

「今朝は所用にとりまぎれて、粥をすする暇もなかった」

「では、さっそく支度を命じましょう」

「かたじけない。腹が減っては何とやらと申すでな」

「薩摩守」

「お目ざめでございますか」

「今何刻じゃ」

「もうじき四ツ半（午前十一時）になります」

「そうか。一刻（二時間）ばかりも眠ったか」

「ははっ」

「どうやら頭の痛みもとれたようじゃ。許す。入ってよい」

「何かお悩みでもございましたか」

「うむ」

「お差し支えなくば、それがしに」

「一代記のことじゃ。この十日あまり十五、六歳の頃を書こうとしておるが、うまくいかぬ。今朝も明け方まで文机に向かったが、一行の文章も綴ることが出来なんだ」

「筆が進まぬのでございますか」

「筆は動く。だが読み返してみると、どれも稚拙じゃ。あの頃の無念、屈辱を表わす言葉が見つからぬ。文字とはまことに不自由なものじゃ」

「いにしえより筆舌に尽くし難いと申しますが、なるほどそのようなこともございましょうな」

「あの頃の余の思いがそれほど深かったゆえじゃ」

「御年十五、六と申されますと、寛政、天明、安永……。ちょうど田沼意次どのが老中となられた頃でございますな」

「下がれ。薩摩守」

「は？」

「あのような大奸物を敬する者は、側に近づけぬと申したことを、よもや忘れたわけではあるまい」

「これは、無調法をいたしました」

「余の無念も屈辱も、すべてあの大奸物のゆえじゃ。もしあの時あの者の策謀がなかったなら、余は将軍の座にあった。我が祖父有徳院どの（徳川吉宗）にならって幕政に腕をふるい、稀代《きたい》の名君とうたわれたはずじゃ。それをあの奸物めが、己れの権勢を保たんがために……」

「ご心中、お察しいたします」

「分るものか。その方ごときが十万遍百万遍生まれかわったとしても、将軍の座を目前にしながら片田舎に養子にやられた余の無念など分るはずがあるまい」

「ですが、かの地に参られた後の御前のお働きは見事なものでございました」

「余は何としてでも幕閣に入り、あの大奸物を除きたかった。そのためには与えられた所で善政をなし、世の耳目を集めるほかはなかった。養子に出されて白河藩主になるまでの十年の間、余はそのことのみを目指して文武に励んだ。その血を吐くような十年の思いを、なまじの文字で綴れるわけがあるまい」

「仰せの通りにございます」

「だが、余の精進は無駄ではなかった。ついにあの者を幕閣から追放し、城も所領も没収したのだからな」

「誠に見事なご手腕でございました」

「あの奸物め。嫡男意知《ちゃくなんおきとも》を西の丸で討たれた時には、さすがにうろたえおったわ。はっはっは。あの時ばかりは、長年の胸のつかえが下りた気がしたものじゃ」

「…………」

「だがな、薩摩守。余は一己の恨みからあのようなことをしたのではないぞ。すべては幕府のためを思えばこそじゃ」

「当時は賄賂が横行し、諸役人の退廃は目に余るほどでございました。諸物価の高騰により多くの民が餓死しているにもかかわらず、大奥での奢侈や浪費はとどまるところを知らぬ有様でございました」

「それもこれもあの大奸物が、大商人と結託して幕政を我が物としたからじゃ。あの者こそ幕府二百年の土台をゆるがす獅子身中の虫であった。余はその虫を退治して、幕府を有徳院どのの世の姿に戻した。その行いに一点の恥じるところもない。再び腕をふるえとの天命が下るなら、喜んで同じことをするつもりじゃ」

「そのご決意をうけたまわれば、重職一同さぞ安堵することでございましょう」

「誰がそのような希望を口にしておるのじゃ」

「は？」

「先ほど余の再出馬を待望する者が多いと申したではないか」

「溜間《たまりのま》、雁間詰《かりのまづ》めの諸大名を筆頭に、老中、若年寄の中にも是非にとの意見がございます」